ブラン・マンジェ
「私はただの人間ではありません。
だからこの仕事を任されているのです」
ブラン・マンジェはローブをわずかに上げた。
普段は隠されている影の奥に、その顔が見えた。
黒い髪、褐色の肌、そして赤い瞳。
亜人種の中でもその特徴を持つものは
ひとつしかない。
「──きみは不死族の者なのか」
3
Three
著：風見鶏
イラスト：緋原ヨウ
Kazamidori
illust.
Yoh Hihara
太っちょ貴族は迷宮でワルツを踊る
The fat noble dances a waltz in the labyrinth

ミトロフ
ミトロフはまだ白い世界にいた。
夢とも現実とも知れない意識の境界で、身体は無意識に動く。
剣を払い、弧を描いて眼前に掲げた。
その軌跡に雷の荊が散る。
貴族としての決闘剣技の構えをもって、
金切り声を張りあげる山羊頭の老婆にミトロフは相対する。

「耳障りだ。静かにしてくれ」
右足を踏み込む。畳んだ腕を伸ばす。点を突く。
身体のうちに満ちた魔力が奔流となって溢れた。

グラシエ
ラティエ
グラシエの声が明瞭に聞こえた。
ミトロフはここを立ち去るべきか迷いながら、
好奇心には逆らえずに耳を寄せてしまう。
「あなたが心配なのよ、グラシエ。
ねえ、あなたは本当に迷宮で冒険者をしたいの？
それはあなたの意思？」
「意思？　そうじゃとも。
われの意思じゃ」

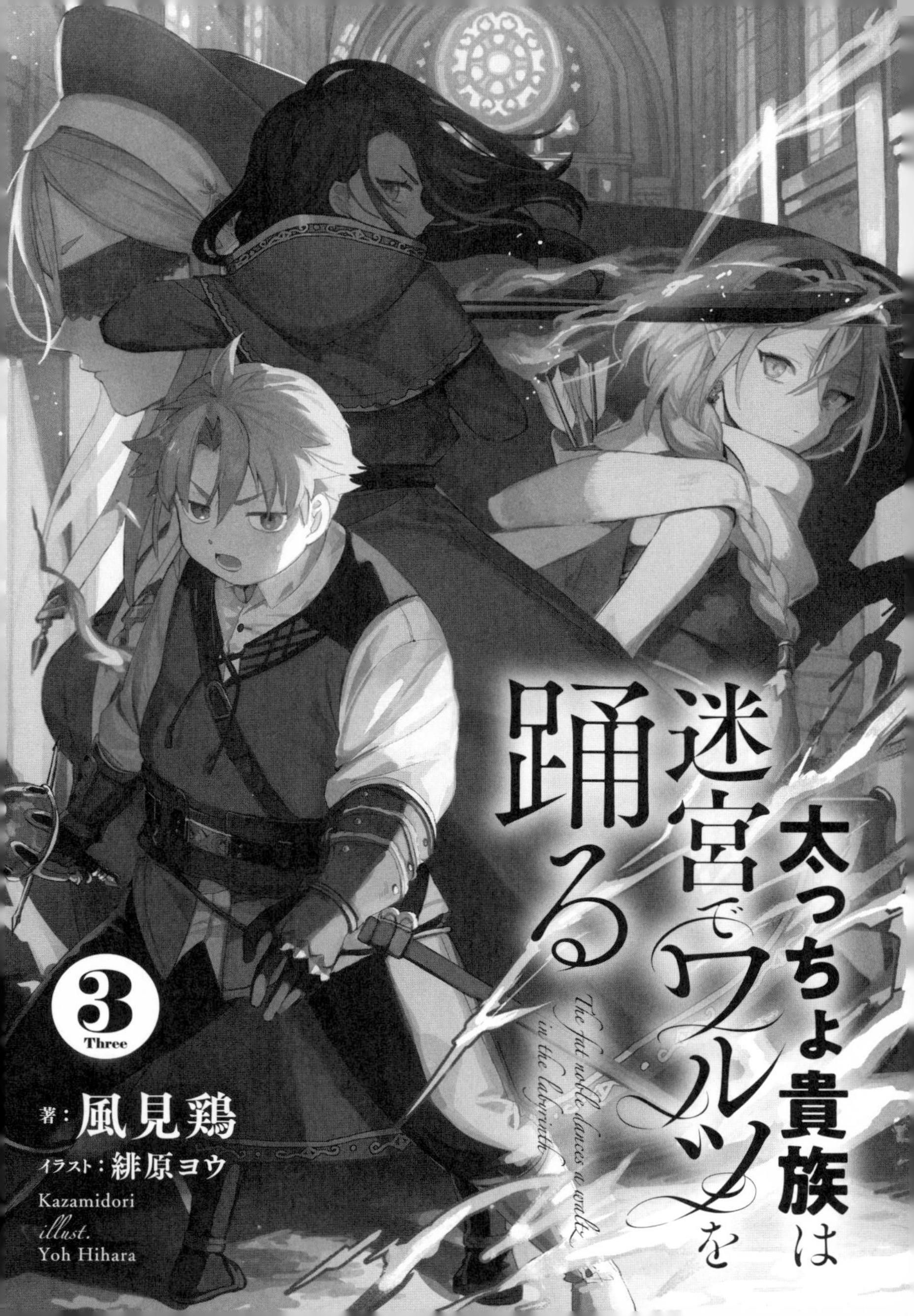
太っちょ貴族は迷宮でワルツを踊る
The fat noble dances a waltz in the labyrinth
3
Three
著：風見鶏
イラスト：緋原ヨウ
Kazamidori
illust.
Yoh Hihara

CONTENTS

プロローグ

ぱち、ぱちぱち、ぱちん。

カリカリカリ……ぱち、ぱち。

――だからお前があそこでビビったせいだろ。

――都合が悪い時だけ俺のせいかよ。

薄い壁越しに、隣の部屋で男たちが怒鳴りあっているのが聞こえている。

どたん、ばたん。ばりばり。

ぱち、ぱちぱち。カリカリ。

「ふむ。今週の稼ぎは悪くないな。予備費に多めに振り分けよう」

蚤《のみ》の市《いち》で買い求めた古びた算盤《そろばん》を弾《はじ》く手を止め、ミトロフは手帳に数字を書き込んだ。

ギルドから斡旋《あっせん》された安宿の狭い部屋には椅子もない。ミトロフは床に外套《がいとう》を敷いて座り、ベッドを机がわりにしていた。

ページには几《き》帳面《ちょうめん》に枠線が引かれ、日々の生活と探索による出費と収入が細やかな字で記されている。

くぐもった叫び声と同時に、ドン、と上の部屋の床が鳴り、埃《ほこり》と砂が降ってくる。

髪の毛と肩についた砂を片手で払い落としながら、ミトロフはペン尻を唇に押し当てた。

「返済は順調だ。カヌレが調理器具を買い足すつもりだと言っていたしな……いくらか渡せるか」

ミトロフは貴族の子である。貴族とは王の代理として国家の領地を管理し、そこから税を徴収することが仕事だ。金勘定は必須の技能である。ミトロフも幼いころから厳しく学んだために、帳簿付けの作業は苦にならない。まさかこんなところで役に立つとは、家庭教師も思っていなかっただろうが。

今のミトロフは借金を抱えていた。

先月、ミトロフはとある事情から騎士と決闘をしている。その際に負った怪我《けが》のため、施療院の神官に治療を頼むことになった。

神官は奇跡とも称される治癒の魔法により、たいていの怪我は元通りにしてくれるが、それは大層に高い〝寄進〟が必要なのである。

すぐに払えない者に高利で貸し付けるような悪どいことはしないが、踏み倒すことは絶対にできない。ゆえにこうして、分割で返済をしているのだ。

ミトロフのように施療院に借財のある冒険者は少なくない。返済をするために冒険者を辞められないという状況にいる者もいる。

治療費を抱えた冒険者は、みな慎重になる。怪我に怪我を重ねるわけにはいかないからだ。ミトロフも例外ではなく、ここしばらくは足を緩め、着実安全な迷宮探索を心がけていた。

どーんと、隣の部屋の壁が震えた。大きなものがぶつかったようである。

「そうだな、ここらで一発、どーんと返済したいものだが」

いくらか蓄えはあるが、それは非常事態用の資金である。万が一を考えれば、蓄えを返済に回すわけにはいかない。

大金を稼ぐ当てがないわけではない、とミトロフは考える。

ブラン・マンジェ。それは迷宮に住む人々の〝長《おさ》〟である。彼女は迷宮で産出される〝アンバール〟……非常に希少なメープルシロップの採掘を統括している。

せんだって、ミトロフは彼女の依頼を受けることで、小袋ひとつの〝アンバール〟を報酬とした。それは丸ごと別の人間に託してしまったために、売っていくらになるかは分からないままだが、あれをもっと手に入れることができれば、返済の役に立つに違いないとわかっている。

しかし、〝迷宮の人々〟という集団も、ブラン・マンジェという女性も、どうにも計り知れない。彼女には何か狙いがあり、それに積極的に関わることがどう影響を及ぼすのかが、ミトロフにはちょっとばかし怖いのだった。

ひとまずは、コツコツと数字を減らしていくことしかできない。何度考えても至る答えである。

それに、とミトロフは手帳を眼前に掲げた。

少しずつ減っていく借金の数字。これを眺めるのが、最近のミトロフの楽しみになりつつあった。目に見えて分かる成果である。

どたばたと壁が響いた。ついに隣の部屋で殴り合いが始まったらしい。上の階ではガタガタと床鳴りが絶え間ない。うるせえぞ、と苦情の怒鳴り声がどこかで聞こえる。

そんな安宿の騒音にも、もうすっかり慣れてしまった。

ミトロフはあくびをひとつ。ランタンの火を吹き消してからベッドに潜り込んだ。

第一幕　太っちょ貴族は銀の鳥と再会する

1

初めて見たときには惚《ほう》けるほどの驚きを感じたものであるが、なにごとにも慣れてしまうものである。

ミトロフとカヌレが地下十一階――第三階層に入ると、初めてここを訪れたらしい冒険者パーティーが、天井を見上げて大騒ぎをしているのを見かけた。地下に続く迷宮の中で、この第三階層は夕陽《ゆうひ》のように茜色《あかねいろ》の光が満ちている。壁に繁茂する特殊な迷宮苔《ごけ》のせいだ。

いつかの自分たちもああだったなと、ちょっとばかし微笑《ほほえ》ましく思う。

第三階層に至れば、初心者は卒業とされる。その証《あかし》としてギルドカードには〝羽印〟が押され、大昇降機を使用することができるようになる。地上から各階層へあっという間に移動できる巨大装置は、それこそ冒険者に羽を与えるようなものだ。ただしその羽には金銭という代償が必要とされる。

ミトロフたちも探索の移動時間を短縮できる大昇降機を利用することを目指してはいたが、現実はいつも期待通りとはいかない。

階層が深まるごとに、魔物から採集した物の買取価格は上がっていく。儲《もう》けは増えるが、大昇降機の料金も増える。そして危険も増す。

どこかの段階で金を時間に替える判断をせねばなるまいと分かっていながら、なかなかその踏ん切りがつかないのは、治療費という重荷を背負っているからでもあった。

「カヌレ、疲れはないか？」ミトロフは振り返って訊《たず》ねる。

「はい。問題ありません」

「使い心地に問題はないか？」

「つつがなく」

ミトロフの背後について歩くのは、顔から足首までを黒い外套《がいとう》で覆い隠した少女、カヌレである。迷宮から産出された呪具によって、その姿は骨身となっている。その対価として魔物の如《ごと》く強力な膂力《りよりよく》を得ている。いざとなれば鉄盾を振るって獅子《しし》奮迅《ふんじん》の働きを見せるが、こうして移動するばかりのときには荷物運び《ポーター》としての役目を果たしていた。

カヌレの背には大鞄《かばん》があった。それはつい最近、パーティー用の共同資金で新調したものだった。帆船にかける帆と同じ素材で織られた背負い鞄は丈夫で汚れに強く、なにより容量がある。生地の厚さゆえにずっしりと重いという欠点に目を瞑《つぶ》れば、冒険者にとっては最高の素材だ。

探索の時間が長引くにつれて、必要な物資も、持ち帰る素材も増える。カヌレの提案により新調したものであるが、出費の額よりも利便性が大いに優《まさ》っており、良い買い物をしたとふたりで頷《うなず》き合う日々である。

通りゆく地下十二階、十三階はすでに慣れたもので、ふたりは危うげなく進んでいく。

焦らず、無理せず、それでも少しばかり足を早めて地下十四階を目指すのは、そこにミトロフたちの求めるものがあると聞いたからだ。

「本当にあるのでしょうか」

ふとこぼれたようなカヌレの疑念に、ミトロフは頷きを返した。視線は周囲を警戒したまま返事をする。

「ぼくも心配だ。だが資料があり、情報がある。この目で見るまでは信じられないが、薬草を採集できるはずだ」

「このような地下に植物が生えているというのは、不思議なことに思えます」

「同感だ。しかし、なにしろ迷宮だからな……」

迷宮ならばなにが起きても不思議はない。冒険者の共通認識だ。

人智《じんち》を超えた底知れぬ迷宮とは言えど、地下深くに続く洞穴であることは疑うべくもない。底に太陽の光が届かない以上、植物が育つ環境には思えない。

「どんな理屈であろうと、薬草が群生しているなら喜ばしい。金を稼ぐのには最適だ」

「軟膏《なんこう》にポーションにと、薬草はいくらでも需要があるものですからね」

「施療院は金の代わりに薬草で返済しても良いと言っているくらいだ。ここで山ほど採集して返済を早めよう」

近づくほどに早足に、それでも警戒は怠らず油断もせず、ふたりは着実に地図を埋めた。ここしばらく、明日こそはと逸《はや》る気持ちを抑えて日をまたぎ、ついに今日、地下十四階への階段を降りたのである。

2

迷宮では体力と精神力をいかに温存するかが探索時間に直結している。

階段前はどこもちょっとした広場になっていて、冒険者たちの休憩部屋として利用されている。

そこでは肩肘を張って行儀の良い冒険者と、だらしないほどくつろいでいる冒険者に分かれるが、その区分けはたいてい、初心者と熟練者ということになる。

だらしない冒険者が、傍目《はため》には衆目を気にもせずやる気もない放漫者に思えても、内実は彼らこそが迷宮探索を理解している。

休めるときこそ、思いきり休む。心身を回復させてまた挑む。それが怪我《けが》も少なく成果を上げるコツのようなものであるらしい、とミトロフは観察から知見を得た。

カヌレが作ってくれた大皿料理を心ゆくまで堪能しているのは、そのためである。

決して、自分の食い意地が張っているわけではない。

誰に向けるわけでもない言い訳を唱えながら、ミトロフは最後の肉を食べ終え、ナプキンで丁寧に口を拭った。

「美味《うま》かった。いちじくのソースが素晴らしい」

「はい。市場で早摘みのいちじくを見かけて。まだ実が硬いようでしたので、ソースにと」

「そうか、もういちじくの季節か」

カヌレの大鞄の容量の一部を、携帯用の調理器具と持ち込んだ食材が埋めている。

通常ならば重いからと省かれる道具であるが、カヌレは料理を作ることを愛好しており、ミトロフは食うことに目がない。

ふたりの理念が一致した結果、休憩のたびにカヌレは調理器具を広げ、ミトロフはナプキンを襟首にたくし込み、迷宮内でレストランさながらの光景が繰り広げられるのであった。

そんなふたりを初めて見た冒険者などは目を丸くしているが、すでに見慣れた顔だと平然としている者も多い。会話をしたことはなくとも、互いに顔を覚えているくらいの間柄は増えてくるものだ。

汚れた食器類は布に包んで小袋に分ける。カヌレが食後の紅茶をティーカップに注ぐ。ミトロフがそれを受け取ったとき、男がひとり、近づいてきた。

「やあやあ、おふたりさん、おっと、僕は怪しいものじゃない。情報屋だ。どうだい、情報はいらないかい」

カップを片手にミトロフが目を向ければ、男は人好きのする明るい笑みを浮かべている。

若者と大人の間に腰掛けているような顔つきに、耳には鉛筆を挟んでいる。武器も防具もなく、冒険者と呼ぶには似つかわしくない雰囲気である。

「情報屋？　こんなところで情報を売っているのか」

「ちっちっち。迷宮の情報は迷宮の中で集める。それがいちばん新鮮で美味《おい》しい情報が集まるんだ。

情報も料理も出来立てがいちばん。そう思わないかい、ミトロフくん」

さらりと名前を呼ばれ、ミトロフは眉間に皺《しわ》を寄せた。

「……ぼくの名前はどこに売ってるんだ？」

「お得意先はあちこちにあってね。でも心配しないでくれ。情報と言っても、僕は噂《うわさ》専門――冒険者の退屈な休憩時間を楽しませる仕事をしているのさ」

「迷宮の道化師というところか？」

「さすが貴族。話が早い。迷宮の道化師って響きは良いな、もらった」

男は耳に乗せていた鉛筆を取って手帳にメモをする。

自分の出自も知られているらしい、とミトロフは目を細める。

王宮に勤める道化師の仕事は、退屈した権力者を楽しませることだ。ときに芸をし、ときに面白おかしい冗談を言い、巷《ちまた》の刺激的な話を集めては耳打ちをしている。

「よし、これでいい……さて、ミトロフくん、なにか楽しい情報はいらないかな」

「この茶葉は香りが青いな」

ミトロフは視線を向けず、ゆるく目を閉じたまま紅茶の香りを楽しんだ。

「巷で流行《はや》っている茶葉だそうです」

「ほう、街ではこうした風味が流行なのか」

ミトロフは紅茶を啜《すす》ってからカップをおいた。

「……うーん、落ち着きがすごい。これが貴族の振る舞いってやつなのかな」

「たとえばどんな風に楽しませてくれるというんだ」

なにかを売り込んでくる人間に対して、とりあえず紅茶を楽しんでから、至極どうでもいいという余裕を持ちながら話を進める。それは貴族の基本の構えである。

男はミトロフの歳《とし》らしからぬ落ち着いた態度に苦笑しながら、手帳をめくった。

「最近のおすすめだと……ギルドの受付嬢の人気順位……あ、だめ？　じゃあ地下七階に現れる女の亡霊……これも違う？　大斧《おおおの》使いロッソのパーティー面接失敗連続記録更新とか……情報に厳しいね？　いやいや、まだまだあるよ……これはどうだい、魔剣の噂……お、興味を持ったようだね」

ミトロフとしては表情も変わらぬように気をつけていたつもりだが、相手も慣れたものらしい。事実、ミトロフはちょっと心惹《ひ》かれていた。見抜かれしまった以上は意地を張っても仕方ない。

「……その情報はいくらになる？」

「初回利用の特別価格にしておくよ」

と、告げられた価格はたしかに安い。まあ、その程度の小銭なら、とミトロフは財布の紐《ひも》を解いた。男は受け取った銅貨を確認するとポケットにしまう。

「さて、確認だけど、魔剣がどういうものかは知ってるか」

「剣の形をした〝迷宮の遺物〟だろう？」

「的確な説明だ。古代人たちが作った、魔力を宿した不可思議な剣だね。その製法も素材も未《いま》だ不明のまま。ドワーフが分からないっていうんだから、もう誰にもお手上げ状態なのさ」

「これまでに五本の魔剣が見つかっているそうです」

カヌレが補足するようにミトロフに言う。

「よくご存知。正確には〝報告されている魔剣が〟五本。そのうちの三本はそれぞれの国が管理し、一本は魔術師の塔、一本は教会の神殿、って話だね」

「では、六本目の魔剣がここで見つかったと？」

「こんな話がある」

と、男はしゃがみこんでミトロフと視線を合わせると、急に声を潜めた。周りにはとても聴かせられない内密の話であるかのように。

「その冒険者が地下十四階……そう、まさにこの階を探索中、突然、横道から現れた〝水晶蜥蜴《とかげ》〟に襲われた。こいつは本来ならもっと下に棲《す》む手強《てごわ》い魔物だ。どうも〝裏道〟を通って上に迷い込んだらしい。名前通り、身体《からだ》が水晶で覆われていて、絶対に斬れないんだ。こいつを倒すためだけに、冒険者たちはメイスを持って行く」

男はミトロフの興味がどれほどかを確かめるように目を見つめている。ミトロフはちょっとだけ聞き入っている。

「冒険者はひとりだった。しかも武器は剣だけ。これは逃げねばと分かっていても、襲撃されたときに脚を怪我した。応戦しても剣は弾《はじ》かれ、これは無理かと諦めたとき」

「……どうなった？」

言葉を止めた男に思わずミトロフが訊《き》く。

「――夕日に目が眩《くら》んだ、と」

「夕日？」

ミトロフは訝《いぶか》しげに目を細めた。

「夕日のような赤光が目に飛び込んできたそうだ。次に目を開けたとき〝水晶蜥蜴〟は真っ二つになっていたらしい。斬れないはずの水晶が、斬られていたってわけだ」

「ほう？」

「お、疑ってるね？　まあまあ、とりあえず最後まで聞きなよ。冒険者は光で目が霞《かす》んでいたせいで、よく見えなかったと言ってる。でも、剣を持った誰かが立っていたのは見えたと」

「それが魔剣だと？」

「目も眩むような光、そして切断された水晶。それはもう、魔剣でしかないだろう？」

男は自分で話しながらも心躍るというふうに目を輝かせているが、ミトロフは少しばかり懐疑的だ。

「魔法ではないのか」

「魔法剣のことかな？　魔法を剣身に纏《まと》わせるっていう。そんなことができるのは修練を積んだ一部の騎士だけだろうさ」

騎士、という言葉に、ミトロフはふとカヌレを見た。彼女はフードを深く被《かぶ》ったまま反応を見せない。

「その冒険者は、絶対にあれは〝魔剣使い〟だと信じているんだよ。誰かが新たな魔剣を見つけて、それを内密にしているんだ、と」

魔剣。その言葉はどうしてか男心をくすぐる。

「だが、あくまでも噂だろう。魔剣など、そうそう見つかるものでもあるまい」

規模の大小はあれど、大陸中に迷宮が存在する。何十年と冒険者たちが迷宮に潜り続けて、ようやく五本。それしか見つかっていないのだ。

ミトロフの疑いの目に、男はずい、と肩を寄せてくる。周囲をやたらに警戒したかと思うと、懐に手を入れた。

「これは、僕の個人的な趣味で手に入れたものでね」

思わせぶりなことを言いながら取り出したのは、

「男は水晶蜥蜴の死体から水晶を砕いて持ち帰った。証拠がなければ自分の話など、誰も信じないと思ったんだ……」

深い青の水晶である。自然の物とは思えぬほどに美しい断面で構成されている。しかし一面のみ、不自然なほどに広い面を見せていた。切り口は斜めに、そして融解したかのような不自然な跡が残っている。

「魔剣で斬られた痕跡さ」

ミトロフは目を奪われた。もちろん水晶を加工する技術はある。削り、割り、整えることで飾りとする。本物の水晶の装飾品を知っているが、目の前にある水晶の断面は加工による物とは違うと一目で分かる。

「考えてもごらんよ。魔剣を見つけたなんて報告したって、教会やら魔術師の塔やらに無理やり持っていかれるだけさ。だったら内緒にしよう……誰だってそう考えるだろう？　報告されていない魔剣が何本も見つかってる……そんな話は、昔から後を絶たない」

男は水晶を懐に戻し、それじゃ、と笑顔で立ち去った。目で追ってみると、また別の冒険者に話しかけ、しゃがんでこっそりと水晶を見せているようである。

本当に情報を売っているのか、誰かに話したくてたまらないのか、それがミトロフには気になったくらいである。

「……魔剣、か。まるで物語のようだ。噂が本当なら見てみたいが」

しかし噂というのは信頼の置けないものである。胡散臭《うさんくさ》いだけか、と紅茶を啜ったミトロフに、カヌレは苦笑した。

「もし本当であれば、わたしも見てみたいものですが。関わりたいとは思わない者も多いでしょうね」

魔剣にはひとつ、あの男が話す必要もないほど有名な噂がある。

「魔剣は死と不幸をもたらす、か。恐《こわ》いもの見たさ、ということになってしまうな。迂闊《うかつ》に首をつっこまない方が身のためか」

もし仮に、とミトロフは考える。噂の魔剣が本当に存在したとして。それをすでに誰かが使っているということになる。持ち主が善人ならまだしも、悪人だった場合には、大層な危険人物であることは間違いない。

「魔剣が人格を乗っ取るという俗説は、本当だろうか？」

「分かりません。魔剣の話にはどうしても胡乱《うろん》さが付き纏いますので」

魔剣を振るった伝説というのは残っているが、どれも大きな尾鰭《おひれ》がついているように思える。今では何十年と大事に隠され、安置され、御神体のように飾られているばかりだ。

魔剣が強大な力を持っている……それすらも、日々の退屈に飽き飽きした人々が面白半分で広めた噂なのかもしれない。

ミトロフはぬるくなった紅茶を飲み干した。おもむろに懐から手帳を取り出すと、ページをめくり、ちびた鉛筆で数字を書き込む。

「ミトロフさま、それは？」

「金を使ったからな、書いておかねば。勘定科目は情報料でいいだろう」流麗な筆記体で書き留めると、鉛筆を挟んだまま手帳をたたみ、また懐に戻した。「魔剣はたしかに心惹かれる。だが空想よりも一枚の銀貨の方が心を動かすものだ。薬草を探しに行こう」

少しばかり変わった方面で庶民慣れしてきたミトロフの姿に、カヌレはくすりと微笑んだ。

3

地下十四階に薬草が生えているとして。ではどこに、という問題がある。

もしやこの階ばかりは土壌豊かなのかもしれないとも考えたが、来てみれば変わらず茜色の満ちた洞窟のようである。この階のどこか一部にだけ、薬草が生えるような特別な場所があるのだろう。

「やはり金になるのだろうな。薬草の情報はかなり高い……自力で見つけられたらそれに越したことはないんだが」

情報屋に頼らずとも、迷宮の大半の事情はギルドで解決できる。ギルド自体が冒険者から情報を買い上げ、それを精査して別の冒険者に売っているからだ。

ギルドから買った情報を転売する自称情報屋もいるが、そうした輩《やから》は報奨金目当ての冒険者に密告され、すぐさま罰せられることになる。

しかし適正価格ではあっても、ギルドからなんでも情報を買っていてはそれだけで破産してしまうし、ギルドが人を派遣して調査してから販売をするまでの間に情報の新鮮さは失われていく。

それゆえに情報屋というのは廃れず求められる職業のひとつである。

どこまで自分だけで探すか、どこから情報を買うか。そうした判断力もまた、冒険者に求められる素養なのだ。

今回、ミトロフは情報を仕入れずに来ている。まずは自分たちでやってみる。それでダメなら多少高くとも買う。そう決めている。

「この階では、蛇型の魔物が出てくるぞ」

「蛇、ですか。ボアとはまた違うのでしょうね」

地上でも蛇を見かけるが、どれも小さなものである。南方を占める森林にはボアと恐れられる巨大な蛇がいるというが、ふたりともに伝聞でしか知識がない。

「トゥチノコと呼ばれる、寸胴《ずんどう》の蛇らしいな。奇妙な絵だった」

「名前の響きも不思議です。どこの国の言葉なのでしょうか」

「さて。魔物の命名権は発見者にあるらしいからな。どこぞの異国の人間が発見したのだろうさ」

洞窟の道は緩やかな傾斜になっていく。わずかばかりの上り坂だ。一歩ずつは大したこともないが、続くと身体に負担もかかる。ミトロフは自分の息が弾んでいくのを感じている。

おかしいな、以前よりも体重は落ちたはず……昨日など、節約もかねておかわりを我慢したというのに……身体が重いのが不思議だ……これも迷宮の影響だろうか……。

首を傾《かし》げて進む坂の上から、ふと、小さな影が転がってくる。馬車の車輪のように丸く、それでいて幅は広く、地面に吸い付くように、こちらに向かってくる。

ミトロフは目を細めた。初めて見る物に思考が戸惑うが、そうした経験はすでに幾度とこなしている。なんだあれは、と考えてすぐ、答えに至った。

「カヌレ！　トゥチノコだ！」

ミトロフはすぐさま刺突剣を抜いた。腰を据えて待ち構えるが、転がるトゥチノコの勢いが増していくに連れて、頬が引き攣《つ》っていく。

カヌレが通路の端に大鞄を下ろし、盾を取り、ミトロフの前に戻ってきて、さて、と構えるころ、トゥチノコはすぐそこに迫っている。長い坂を下ってきたことで猛烈な速度になっているのは目に見えて明らかだった。

「ミトロフさま、離れてください。止めてみます」

「……大丈夫なのか？　馬車を止めるようなものだぞ」

「今度、馬車も試してみましょう」

軽口で答えてカヌレは足場を確認する。黒革のブーツで地面を叩《たた》いて足場を固め、前傾姿勢で丸盾を構えた。

ミトロフは少しばかりの心配を残しつつ、壁際に寄る。ゴロゴロゴロゴロ……音が聞こえたかと思えば、それはあっという間にカヌレの丸盾にぶつかった。

「――ッ」

水の詰まった袋で思いきり殴りつけたような鈍い音だった。

迷宮の遺物による呪いを宿したカヌレの膂力は人間を超えている。トロルの強靱《きょうじん》な一撃すら防いでみせたカヌレは鉄塊のように立ち塞がり、盾をわずかに傾けて衝撃を逃す。

トゥチノコが弾かれて空中に飛び上がり、壁にぶつかった。

ミトロフは抜き身の剣を片手に走り寄る。

床に落ちたとき、トゥチノコの姿はすでに丸ではなくなっていた。たしかに蛇の頭があり、尻尾がある。しかしその胴体は平べったく横に広がった寸胴であった。丸まることで車輪と化し、坂を転がり落ちるようである。

ミトロフが見定めている間に、トゥチノコは頭をミトロフに向けた。

不思議な光景である。トゥチノコの身体がどんどんと短くなっていく。ついには頭と尻尾が直接くっついてしまったように見える。

そこでふと、ギルドで下調べをした資料の内容がミトロフの頭をよぎった。冒険者たちの走り書きがいくつも残っている物だが、そこに「剣角兎《けんつのうさぎ》と同じ」と書いてあったことを思いだしたのだ。

トゥチノコが跳ねるのと同時に、ミトロフはとっさに横にステップを踏んだ。

真横を暴風が抜けて行った。風の音で重みが分かる。みっちりと詰まった風切りは、ともすれば剣角兎よりも肝を冷やす迫力がある。

ミトロフは足を滑らせながら方向を変える。振り向けば、カヌレがトゥチノコを地面に叩き落としたところだった。

しかしその叩きつけに、トゥチノコは少しも弱った姿を見せない。跳ねる動きと滑る動きを交ぜた奇妙な動作で離れていく。それは逃げるためでなく、再び先ほどの体当たりをかますために違いなかった。

ミトロフは走って追いかける。どたどたと。

転がりもしないトゥチノコは遅い。しかし走るミトロフもまた遅い。

ひいひい言いながら追いかける先で、トゥチノコは転身し、ミトロフに頭を向ける。再びみちみちと身体を縮こまらせていく。

これはまずい、とミトロフはさらに気合を入れて走り込み、トゥチノコが跳ね飛ぶのと同時に刺突剣を突き出した。

ミトロフの右腕に凄《すさ》まじい衝撃がはしり、剣が弾き飛ばされる。ミトロフは反射的に左側に身をかわした。

突風に髪がなびき、右目は閉じられる。体勢を崩しながらも振り返れば、地面を転がっていく自分の剣があった。トゥチノコが串刺しになっている。

壁に当たって止まったところを、取りに行く。カヌレも合流する。

「……トゥチノコの突進を剣で出迎えた形になったようだ」

「ミトロフさま、さすがです」

「もちろん偶然だ」

ミトロフは右手をぷらぷらと振る。剣をもぎ取られるような衝撃は、とてもミトロフが受け切れるものではない。

「剣角兎のように壁を背にして躱《かわ》すか？」

「跳ねるのではないかと」

「……そうだな。動きは止まらないか」

黄土猪《おうどいのしし》も剣角兎も、突進をしてくるのは同じだが、壁にぶつかれば動きを止める。しかしこのトゥチノコは、壁にぶつかれば跳ねる。待ち構えるということができない。

「カヌレはどうだ？　防ぐことはできそうか？」

「坂で助走をつけられると、うまくさばくのは難しいかもしれません。受け止めるのに問題はないのですが、やはり、跳ねます」

「跳ねる、か」

見下ろすトゥチノコは、背中から頭までの皮が分厚い。身を丸めて転がると背中が、縮んで突進すれば頭がぶつかってくることになる。

「硬い、というよりは、弾力があるんだろうな」

ミトロフはしゃがみ、トゥチノコの頭や背を指で押してみる。

「……ぐにぐにしている。硬いような、柔らかいような……不思議な感覚だ」

「甲殻のように硬ければ割れるでしょうから、その弾力で衝撃を殺しているのでしょう。ミトロフさまの剣が刺さったのはそのためですね。鋭さが対策の鍵、かもしれません」

「攻撃は通ると分かったからな、あとはこいつをどう止めるか、というのが問題か」

グニグニ。

「……ミトロフさま？」

「この感触は、どうにも癖になるな。カヌレも触ってみろ」

「はあ……そう仰《おつしや》るなら」

カヌレはミトロフの横にしゃがみ、同じように指先でトゥチノコの背を押し込んだ。

グニグニ。グニグニ。

「たしかに……これは不思議な……」

「そうだろう」

グニグニ。グニグニ。

「どうやってトゥチノコを止めましょうか」

「どうしたものだろうな」

グニグニ。グニグニ。

4

うーん、とミトロフは天井を見上げている。

もうもうと上がっていく湯気が天井で白い靄《もや》を作っている。壁に開いた通風口から風が吹き込むと、靄はふっと流されて消えていく。そこに湯気が立ち上り、風がまた吹き流す。そんな動きをぼうっと眺めている。

公衆浴場での入浴は、すっかりミトロフの習慣となっていた。中心には円形の大浴槽があり、すり鉢状に深くなっているために、中心では立ったままでも肩まで浸《つ》かれるようになっている。大勢が入浴できるそこが一番の人気で、いつも人の声に溢《あふ》れている。知り合いのいないミトロフは中心には寄り付かず、いつも縁を選んでいた。

あまりの広さにそこばかりが目立つが、浴場は左右にも広がっており、小分けにされたいくつもの浴槽があって、それぞれに特色のある湯が張ってある。

ミトロフは日替わりでそれぞれの湯に浸かるという楽しみを見つけていた。

今日は薬湯である。迷宮で産出された薬草の一種を溶かし込んだ湯であり、傷や打ち身によく効くらしい。

十人も入れば窮屈な浴槽だが、入っているのはミトロフと、老人がふたりばかりである。湯は深緑に染まっており、まるで藻に濁った小池に浸かっている気分になる。鼻につく独特の臭いもきつく、心身を休めるというよりは修行に近しい。

ミトロフは視線を落とし、湯を掬《すく》い上げてみる。

細かく千切られた緑の欠片《かけら》は、おそらくは薬草を刻んだものだろう。まさにこれが、ミトロフの求めているものである。

掬い上げた薬草まじりの湯を、右腕に塗り込んでみる。

昼間、トゥチノコを三度、串刺しにした。初回は偶然の産物であったが、二度目は狙ってやったことである。

壁で待ち、カヌレが弾き、ミトロフが追いかけ、試行錯誤をしてみても結局、向かってくるトゥチノコを剣で串刺しにするのがもっとも効率的だった。

身体は大きいために、剣角兎よりも狙うのは容易《たやす》い。向かってくる場所を見極め、そこに剣を置くという作業は、以前に学んだ小盾の扱いに通ずるものがある。

頭から串刺しにすればトゥチノコは即死する。だが、問題があった。ミトロフの腕力では堪えきれないのである。刺した後に受け流すことはできず、握った剣をもぎ取られるように離してしまう。

「……どのみち、あれでは剣がだめになってしまうな」口の中で転がすように呟《つぶや》く。

ミトロフの扱う刺突剣は、魔物と戦えるように頑丈に作られたものである。けれど刺突に特化した形に違いはなく、剣身は細く鋭い。

何度もトゥチノコの突進を受けていれば、やがては折れることもあり得る。弾き飛ばされて剣身が床や壁にぶつかるのも良くない。

どうしたものか、とミトロフは腕を組もうとして、右腕に響いた痛みに小さく悲鳴をあげた。

トゥチノコを倒せるのであれば仕方なしと、待ち受けての串刺しを二度続けた結果、剣よりも先に腕の筋を痛めていた。薬湯に沈めた右腕を揉《も》みほぐしても、肘から手首につながる痛みと違和感は拭えない。

やれやれ、とため息をついて、ミトロフは湯から上がった。

更衣室で服を着てから休憩部屋に向かう。並んだ木の長椅子には湯上がりの男たちが腰掛けている。湯の中では談笑する声も大きく響いていたが、椅子に座る男たちのほうは穏やかなものである。湯上がりの身体を冷ましているという風で、揺れ椅子で目を閉じている者もあれば、長椅子でごろりと横になっている者もいる。

彼らの傍らによく見るのが木製のジョッキである。中身はミトロフもよく知っている。

壁際の売店に向かうと、ミルクエールを一杯、注文する。風呂に入った後はここで休みながらミルクエールを飲む。そこまでがミトロフの日課である。

カウンターの後ろには巨大な箱がある。その中には氷水が詰められ、小樽《こだる》がいくつも浮かんでいる。受付の老人はひとつを取り上げて栓を抜くと、ジョッキになみなみと注いだ。小樽ひとつでジョッキ一杯分である。

ミトロフはジョッキを受け取ると、人の少ない長椅子を選んで腰掛けた。

休憩部屋にはあちこちに下働きの男たちがいて、大きな団扇《うちわ》で風を送っていた。そのうちのひとりが気を利かせ、ミトロフに風を向けてくれる。湯で火照った身体に当たる風がぬるくとも心地よい。

白く泡立ったミルクエールは、見ているだけで涼しくなるほど冷え冷えとしている。ミトロフはジョッキに口をつけた。

ごっ、ごっ、ごっ……。

喉を鳴らしながら、冷え冷えとしたミルクエールを胃に流し込む。あまりの冷たさにミトロフは目にぎゅうっと力を入れる。それでも止《や》めない。喉から胸から腹にきぃんと響く冷たさ。

迷宮での疲労、風呂での渇いた喉と身体、その全てがこの一杯で満たされる。

「——ぷひぃぃ！」

ひと息で半分ほども飲み干して、ミトロフはようやく口を離した。

「……はぁぁ、生き返る」

熱い身体に、冷えた腹、届く風はゆるくも涼しく、すべて揃《そろ》って至福というものである。

ミトロフは長椅子に腰掛けたまま、ぼけーっと視線を弛《たる》ませた。何を見ているわけでもなく、何を考えるわけでもなく。

完璧に糸を緩めるこの時間があるからこそ、迷宮の中での緊迫の時間をやり過ごせるのである。

ミトロフはちびちびとミルクエールを舐《な》める。

そのうちに温《ぬる》くなってくると、清涼なほど研がれていた香りが鈍り、ミルク臭さが立ってくる。

ぬるくなったミルクエールは飲めたものではないので、美味いうちに飲み干してしまう。

「……帰るか」

ミトロフは立ち上がると、売店にジョッキを返してから休憩部屋をあとにした。迷宮探索での疲れと、湯上がりの気だるさと。身体に残る疲労感によって、今日も生き残ったのだと実感する。

頭を悩ませる問題はあれど、今日もなにかを成した。そんな充実感を腹に収めて、ミトロフは鼻歌など歌いながら、安宿への帰途につく。

5

多少のすり傷、切り傷であれば、血止めをして包帯を巻けば動くのに支障はない。

かつて上層階で小刀兎を相手に苦戦していたときでも、ミトロフはいくつもの生傷を負ったまま迷宮に潜っていた。

迷宮から産出された薬草で作られた軟膏はよく効く。しかし腕の筋を違えた痛みはなかなか引かなかった。外傷よりも、見えない怪我の方がタチが悪い。

一日を休みにしてなお、ミトロフの右腕は元通りになっていない。しかし動かすたびに激痛が起きる、というわけでもない。休むにはもったいないという意識もあり、ミトロフは結局、無理をしない程度に探索をしよう、と考えた。

カヌレと合流し、今日も今日とて迷宮に足を踏み入れる。それは冒険者の仕事であり、今のミトロフのやるべきことだった。

「ミトロフさま、ご無理はなさらないでくださいね」

カヌレの心配とも釘刺《くぎさ》しとも取れる言葉を受け取りながらも、魔物から逃げてばかりもいられない。どうしても戦わねばというときには、ミトロフは剣を抜いた。

これまでに数え切れぬほど地上と地下を往復するうちに、上層階の魔物にはすっかり慣れている。あれほど苦戦した小刀兎ですら、いまのミトロフは軽々と躱し、空中で斬り落とすこともできる。

しかし斬るにも突くにも、力をこめれば腕の痛みが伴う。

小さな相手であればまだマシだが、大きな相手となるとひと苦労だった。地下七階を過ぎてついに、ミトロフの腕が限界を迎えた。急に力が入らなくなった。刺突剣を握れず、取り落としてしまったのである。

「……これは、まずいな」

「撤退しましょう」

カヌレはすぐさまミトロフを庇《かば》い、ふたりはそろそろと迷宮を戻ることになった。

幸い、階段を降りて間もなかったため、休憩部屋にすぐに辿《たど》り着けた。ふたりは荷物を置き、カヌレがミトロフの腕を触診する。

「医術の心得があるのか？」

「応急処置程度です。訓練でよく怪我をしたので」

カヌレはミトロフの腕に痛み止めの軟膏を塗り、大鞄から包帯を取り出した。肘関節の上下に、8の字になるように巻き付ける。慣れた手つきである。

「これで多少は楽になるかと」

ミトロフは腕を何度か曲げ伸ばしする。みっちりと肉を締める包帯で動きが補強されているように感じる。

「本当だ。これならいくらでも戦えるな」

「お戯れを。地上に戻って施療院で診ていただきますよ」

口調は優しいが、反論は認めぬという強い決意を感じさせる。その声が恐ろしくもあり、世話焼きが嬉《うれ》しくもある。

ミトロフとカヌレは荷物を取り立ち上がる。ミトロフが剣を振れぬ以上、今日の探索はここまでとするしかなかった。

カヌレに戦闘を任せながら、ミトロフは地上に戻ってきた。包帯と薬草のおかげで寝ていれば治ると言ってはみたものの、控えめな性格のカヌレにしては珍しい強引さでミトロフは施療院の世話になることになった。

また支払いが重なるが、幾日も迷宮に潜れない日々を無為にするよりは、さっさと治してもらったほうが良いのはたしかである。

施療院では重傷者優先の規則が定められている。迷宮からいつ急患が運び込まれようと、すぐに対応するためだ。

そのため、治りかけや軽傷の人間はずいぶんと待たされることになる。腕の筋を痛めた、というだけのミトロフも、椅子に座ったきり長々と時計の針を見送ることになった。

付き添うと言って聞かないカヌレも隣に座っていた。迷宮の中では平然と話せる相手であるのに、こうして環境が変わってふたり並べば、不思議と会話は弾まない。

ミトロフはどうにも緊張を抱えて、頭の中で話題を探してみては自分で却下するという行為ばかりを繰り返してしまう。

社交場での淑女に対する失礼のない会話術であるとか、食事の席で心をくすぐる褒め方の定型文を暗記してはいても、施療院の待合室で隣り合ったときの話題などは教わっていない。

知識はあっても経験がまったく足りないのがミトロフなのである。ようやく順番が来たとき、ミトロフは背中に汗をびっしょりとかいていた。

担当は灰色の髪に白髪の交ざった初老の女性医師だった。ミトロフの腕を痛めた原因の話や症状を聞くなり、女性医師は腕を取った。

巻いていた包帯をほどき、ミトロフのふっくらした腕を揉んで確かめると、次第に二の腕と関節の継ぎ目にぐいぐいと指を押し込みはじめた。

マッサージというには力が強く、拷問と呼ぶには手加減があり、治療と納得するには痛みが強すぎる。

ミトロフが口の端からか細い悲鳴を漏らしても遠慮なく、骨に張り付いた腱《けん》や筋肉を親指の先でゴリゴリと抉《えぐ》るように弾く。

その度に肩から首、そして後頭部にびりびりと雷のように痛みがほとばしった。

ミトロフの額に汗が玉となり、鼻水が顎まで垂れ始めてようやく、女性医師は手を離した。一転、張り詰めた緊張を揉み解《ほぐ》すように優しい手つきで腕を触診すると、ぽんと二の腕を叩いた。

「これでいいでしょう。腱を弾いて戻しました。そうですね、一週間は剣を握らぬように。無理をしなければ違和感もすぐになくなります」

「こ、これでいいだって……？　これで治るわけが……っ、あれ？」

ふと、右腕にあった痛みが大人しくなっていることに気づく。

ミトロフは目を丸くしながら腕を動かし、肩を上げる。痛くない。よく動く。

「な、治った！」と勢いよく素振りの動作をすると、ぴき、っと肘の内側に痛みが響いた。「痛い！」

「人間の身体はそう便利にできてはいませんよ。無理をすれば長引くだけですからね」

女性医師は表情も声音も変えず、淡々と言う。呆《あき》れた様子すら見せないのが、かえってミトロフの心を締め上げた。

「……わかった」

肩を小さくしておとなしく頷き、ミトロフは診察室をあとにした。待合室ではカヌレが背筋を伸ばして座って待っている。

「いかがでしたか」

「かなり楽になった。ただ、一週間は剣を握るな、と」

「それがよろしいかと思います。休暇と致しましょう」

「ついこの間も休んでいたが……」

「これまでの無理が積もり重なったのではないかと。急に迷宮に潜り、慣れぬ剣を振り、これまで平然としてらっしゃったことの方が驚きです」

む……？　とミトロフは首を傾げた。

「剣を振るには身体の力、迷宮に潜るには心の力。どちらも欠かせぬものでしょう？　ミトロフさまは精神力は充分すぎるほどですが、身体のほうが、その……前途があまりに有望ですので」

「気を使いすぎて貴族流の嫌味になっているぞ。素直に鍛え方が足りないと言ってくれ」

無言で会釈をするカヌレに、ミトロフは苦笑を返した。

「たしかに、鍛錬は足りないな。これまでも疲労で引き返すことが何度もあったしな」

カヌレという頼もしい盾役がいることでミトロフの負担は大きく減っている。それでも探索時間が延びるにつれ、ミトロフの体力的な問題で探索を断念することが増えてきた。

ミトロフが使う刺突に特化した細剣は、冒険者が一般的に好むような剣よりははるかに軽い。それでも筋肉より贅肉《ぜいにく》の方が割合の多いミトロフが持ち歩くにも振るうにも、やはり重い。

「精神も同じように疲労しているはずだが……ぼくはあまり感じないんだ。〝昇華〟のおかげかもしれない」

迷宮探索中にはとかく精神が張り詰める。先の分からぬ暗闇、洞窟のような圧迫感、襲いくる魔物……あらゆる要素が冒険者の心を摩耗させていく。

安寧と堕落の生活をしていたミトロフであるが、そうした精神の摩耗という感覚に襲われることがない。

ミトロフが〝昇華〟によって得た精神力の強化という効能は、戦いの最中だけでなく、探索の合間にもミトロフを支えていた。

「〝昇華〟ですか。話ばかりには聞きますが、不思議なものですね」

「ああ。ぼくとグラシエはコボルドを倒して得たが……あれ以来、どんな魔物を倒しても起きないな。ぼくもカヌレも、それなりに魔物を倒してきたと思うが」

「わたしは、例外かもしれませんが」

苦笑するような含みの声には、期待をすることに及び腰になっているような諦めの色があった。

カヌレは〝昇華〟とはまた別の迷宮の神秘……古代から残された〝呪い〟により、骸骨の姿になってしまっている。言わば魔物に近しい存在に変質している以上、〝昇華〟という現象が起こり得るのかは分からないことだった。

「大丈夫さ、きみにも起こる。〝昇華〟が得られれば、探索はずいぶん楽になるんだけどな」

〝昇華〟を得る方法があれば、誰もがこぞってそれを行うだろう。

しかし未だはっきりとしたことは分かっておらず、口勝手にそれぞれが迷信のような方法を語っているばかりである。

ミトロフもいくらか噂を聞いたが、どれも信憑《しんぴょうせい》性は薄く、かといって否定する根拠もない。現状、〝昇華〟が起こるかどうかは運次第ということになっている。

だからこそ、多くの冒険者の心を騒がすことになっているのだろう。誰にでも起こりうる現象であり、ひとつ、ふたつと手に入れただけで、迷宮探索は一変する可能性があるのだ。

参加無料で大当たりの籤引《くじび》きがあれば、誰だって夢を見て手に取るものだ。

「この肉がなくなる〝昇華〟でも起きないものかな」

ミトロフはぽっちゃりとした自分の腹を撫《な》でながら、ため息と共に呟いた。

6

翌朝、ミトロフはいつもの安宿のベッドに寝転んで天井を見ていた。木板には染みが浮かんでいる。つい先ほど、ミトロフは重大なことを発見した。

「――あの染みは、まるでゴブリンの横顔のようだ」

ふうむ、と唸《うな》る。

かつて聖霊は聖女の背中に啓示を刻印したという。これはつまり、ぼくにも迷宮に行けという啓示が現れたということだろうか？

顎肉をつまみ、ミトロフは重々しく唇を曲げた。

暇、である。

これまでの休養日であればミトロフの身体は疲れきっていた。心身を休め、腹一杯に栄養をとり、必要があれば武器防具の手入れをする。あとはごろごろとひたすらに寝る。

そうして翌日の探索に備えていれば、あっという間に一日は過ぎていた。忙しい毎日ではあったが、それが心地よくもあった。

やるべきことがある。それを自分もやりたいと思える。そうした毎日は、ミトロフがこれまで感じたことのない充実感をもたらしてくれていた。しかし今、ミトロフの明日は遠のいている。

右腕を痛めたことで、しばらくの休養を申し付けられていた。

することもないし少しくらいは迷宮に行ったっていいだろう……ミトロフひとりであればそうも考えたに違いないが、カヌレはそこまで甘くなかった。

ミトロフがカヌレと共に銀の騎士に決闘を挑んだのは先月のことだ。それはカヌレの自由を守り、共に迷宮に挑む日々を過ごすためのものだった。辛うじて決闘に勝利したのちに、カヌレは何を思ったか、ミトロフに盾を捧《ささ》げた。

ミトロフはあくまで仲間であると言い含めたが、カヌレはそれ以来、以前にも増してミトロフをよく支えてくれるようになった。彼女の本質は騎士であり、その生真面目な性格も相まってか、ミトロフの身を守ることに関して抜かりがない。

今回、ミトロフは長く休むつもりはなかった。なにしろ治療費という負債を抱えている。生活費も稼がねばならない。のんびりと寝ている余裕はないというのがミトロフの言い分であった。

カヌレはミトロフの主張をよく聞いた。それから、

「お話はわかりました。ではわたしがより一層励みますので、いまはお休みください」と言い切ったのである。それ以降、ミトロフが何を言っても、カヌレの態度を崩すことはできなかった。

困ったときに助け合うのが仲間ではありませんか、わたしの力はよくご存知でしょう……。

以前にミトロフ自身がカヌレに言ったことを持ち出されるのだから、反論のしようもない。

ミトロフは敗北を認めることになったのだが。

「だめだ。休めん」

ミトロフは身体を起こした。支えに使った右腕の肘がぴしと痛んだ。

治癒の奇跡を担う神官に頼めば、あっという間に治るだろう。さらに借金を増やす覚悟があるなら、という注釈は必要だが。

すぐ治すこともできず、じっくり休むのも気が落ち着かない。ここしばらく、冒険者として勤労に励みすぎたらしい。習慣とは恐ろしいもので、あれほど怠惰な生活を極めていたミトロフであっても、今では退屈さを持て余している。

狭い部屋にひとり寝ているのも無為に思えて、ミトロフは部屋を出ることにした。

私服ながらも、腰には剣帯をつけて刺突剣を吊《つ》り下げている。必要はないとわかってはいても、腰元にあることで落ち着く重みである。

明るい日中の街には、夜とは違う賑《にぎ》わいがある。大通りには辻馬車《つじばしゃ》が走っている。行き交う人の群れをどけるために、御者が鐘を打ち鳴らしている。新聞売りの少年が声を張り上げて歩き、向かいの通りでは大道芸人が拍手をさらっている。耳を叩くような騒がしさすら街の活気に馴染《なじ》んでいく。

ミトロフは当てもなく歩いていく。どこか行く場所があるわけもなく、訪ねる知り合いもなく、帰るべき場所は安宿だけ。人の波の端に紛れていても、どこか自分が孤独であるようにミトロフには思われた。

ふと波を外れて細い小道に向かう。どこに繋《つな》がるかも分からないが、どこに行きたいわけでもない。

そうして道をふたつ、みっつと曲がっていけば、人の気配は少しずつ薄れ、建物に挟まれた小道が延々と繋がるような場所を歩いている。

真昼でありながら薄暗い影が落ちている。頭上には色の抜けたボロ切れが日除《ひよ》けに張られ、道端に座り込んだ痩せこけた男たちが煙草《たばこ》をくゆらせていた。

少し進めば、男たちが板切れを載せた樽を囲んでカード賭博をしている。男がミトロフを見る目が、お前は場違いな場所にいると雄弁に告げていた。

早々に引き返したほうが良さそうだとミトロフが足を止めたとき、通りの先に並んだ木扉のひとつが開き、中から人影が出てきた。小柄な姿である。

頭上に張られた天幕の隙間から漏れた光が白々しく、フードを被った姿を照らした。首元に流れる銀の髪がきらきらと光の粒を反射している。

ふと視線が通った。互いの顔を、互いに認めたことは間違いがない。ミトロフは目を丸くした。見知った顔である。

「――グラシエ?」

それはミトロフが初めて迷宮に潜った際に出会った、エルフの少女である。ミトロフに冒険者としてのイロハを教え、共に〝赤目〟のトロルと戦った戦友であり、故郷の村の問題を解決するために去って行った仲間だった。

見間違いかとも思った。しかしその相手もまた、思いもかけない場での奇遇な再会に、驚愕《きょうがく》を隠せてはいないようだった。

目を丸くし、小さな口をぽかりと開けた顔は、やはりグラシエに違いがない。

次の瞬間である。ミトロフが手を上げて駆け寄ろうとするより早く、グラシエはフードを目深に押さえながら駆け出した。

「ぐ、グラシエ!?」

慌てたのはミトロフだ。顔を見るなり逃げられる心当たりはない。唐突に走り出されては、ミトロフも追うしかない。

戸惑いながらも駆けるが、グラシエはミトロフとは比べ物にならぬほどに敏捷である。あっという間に距離が離れたかと思うと、交差する小道にさっと曲がってしまう。

ミトロフがようやく同じ場所を曲がったときには、もうその後ろ姿は見えなくなっていた。

「どういう、ことだ……?」

弾んだ息を持て余しながら、ミトロフは壁に手をついて通りを見据えた。

左右を挟まれた細道は昼ながらに薄暗く、緩やかな下り坂になっている。人の気配はない。暗く沈んだ割れ窓と、扉すらない入り口が並んでいる。

ミトロフは呆然《ぼうぜん》と立ちんぼになっている。懐に手を入れ、小さな耳飾りを取り出した。鳥を意匠した銀細工のそれは、別れ際にグラシエが渡してくれたものだった。

これは貸すだけだ、と彼女は言った。

再会を約束するはずのものだった。

しかしどうしてか、彼女は自分との再会を望んでいないようだ、とミトロフは鼻息をこぼした。

7

「それは本当にグラシエさまでしたか？」

ミトロフの話を聞いて、カヌレは落ち着いた声で確認した。

かつてグラシエが定宿としていた宿の一階にある薄暗い食堂で、ふたりは向かい合って座っている。

ミトロフはグラシエを見失ってすぐにカヌレを訪ねた。あれがグラシエならば再びこの宿に泊まっているのではと考えてやって来たのだが、グラシエがいる気配はない。

ミトロフは香りの澱《よど》んだ渋い赤ワインで唇を湿らせてから口を開いた。

「見間違えではないはずだ。向こうもぼくに気づいたように思う」

「確認はなされましたか？　会話をしたとか、ちゃんと容貌をご覧になったとか」

「……いや、声は聞いていない。薄暗いし、少し遠いし、フードを被っていた」

「では見間違い、ということも」

「それでもあれはグラシエだった、と思う」

自信を持って断言するようでいて、ミトロフの口調は段々と弱くなる。あの時は確かに、グラシエに違いないと感じた。視線は交じり合い、一瞬ながらも互いに認識をしたように思えた。

だがカヌレの言うとおり、見間違いという可能性もあるのだ。通りは暗く、相手はフードを被っていた。なにより、グラシエならば逃げるのはおかしい。

「なにか暗い事情に関わっている者がミトロフさまに都合の悪いときを見られ、咄嗟《とっさ》に逃げた、という可能性はありましょう。その方が出てきた扉の中は、確認なされましたか？」

「ああ、した。でも手がかりを得られそうにはないな」

グラシエらしき姿を見失って、ミトロフは来た道を戻った。彼女が出てきた扉に手がかりを求めてみれば、そこは小さな酒場であった。

昼でありながら夜のように薄暗く、壁に掛かったランタンには満足に火も灯《とも》っていなかった。煙草の煙と埃《ほこり》っぽさが鼻をつき、床には湿ったおが屑《くず》が撒《ま》かれていた。亜人の店主がミトロフを見る目は、歓迎するつもりがないと告げていた。

それでもミトロフは、先ほど店を出た客について訊ねてはみたが、友好的とは言えない店主からはまともな返事ももらえず、ミトロフは謝辞を残して店を出るしかなかったのだ。

「人違いであったなら、いい。ぼくが見間違えただけだ。けれどもし、本当にグラシエだったとしたら、なぜ逃げたのだろう」

ミトロフは背を丸め、肩を落とし、物思いに耽《ふけ》るようにグラスを見つめた。

カヌレはその姿を前に、おろおろと言葉に悩む。

「もしグラシエさまだったとしても、きっと、なにか事情がおありなのですよ」

「そうだろうか……ぼくの顔を見たくもないとか、そういう可能性もあるだろう」

「再会のお約束もなされたのでしょう？　耳飾りもありますし」

エルフ族の女性の風習として、再会を願う相手に耳飾りを託すのだと教えてくれたのは他ならぬカヌレである。

「耳飾りを渡したが、今になって再会する気もなくなった、だから顔を合わせたのが気まずかった、ということはないか？」

「それは……」

可能性としてはあり得る、と答えなかったのはカヌレの優しさである。しかし貴族特有の言葉の裏を理解するミトロフの察しの良さが、カヌレの優しさを無為にした。

「——ブヒッ」ミトロフは鼻を鳴らして鼻水をすすると、やけくそだとばかりに赤ワインを一気に飲み干した。「ぼくはもう一度、探しに行く！　このままでは夜も眠れない！」

自暴自棄の雰囲気を背負ったミトロフを放っておくことはできず、カヌレは一緒に行くと申し出た。

ふたりは宿を出る。通りを照らす太陽は盛り、薄暗い宿から出たばかりでは目が慣れずに眩《まぶ》しいほどだった。

街の区画をつなぐ大通りは広く、人も馬車もひっきりなしに行き交っている。賑わいの声は絶え間がなく、行き交う人の流れに入れば、すれ違うのにも神経を使うほどの密集になる。

しかし一本、二本と小道を逸《そ》れて奥に進むほどに喧騒《けんそう》は遠ざかっていった。深い森に入ったように薄暗く、空気は沈み、道幅は細くなっていく。通り行く者はみな黙り込み、俯《うつむ》き、顔を隠す。誰もが面倒ごとはごめんだと全身で主張している。

たまに、顔を合わせて何やら話し込む姿がある。それは人間であったり、獣人であったり、亜人である。ミトロフとカヌレが通りかかれば、彼らは会話を止め、横目で場違いなふたりを観察する。

彼らに探し人について聞き込みをするほどの蛮勇を、ミトロフは持ち合わせていない。

結局はあてもなく道を歩き回る。細い道は入り組み、あっちへ繋がったかと思えばこっちに曲がり、ぐるぐると方向感覚が乱れていく。迷宮よりも余程、迷宮らしいなとミトロフは思った。

交差する道の真ん中で立ち止まる。さて手がかりもないのにどこに進むかと悩んでいると、たたた、と軽い足取りが聞こえた。ミトロフの右側の道から子どもがふたり、駆けてくる。どちらもフードで顔を隠している。

裏道にも子どもはいるのか、いや、人が暮らしているのだ、それも当然か……。

どうとも構えずにミトロフが一歩下がって道を譲ったとき、すれ違いざまに先頭を行く子どもが「わあ」と叫んで前方を指さした。ミトロフは肩を跳ねあげ、反射的に顔を向ける。

ふたり目の子どもがミトロフに肩を当てようとした。手は俊敏にミトロフの懐を狙う。しかしその手を、黒革の手袋が弾いた。裏通りに入ってからミトロフの身の警戒だけに専念していたカヌレが抜かりなく距離を詰めていた。

あっ、と弱い声。

カヌレの素早い動きと、魔物としての力が子どもの体勢を崩したらしい。たたらを踏んだかと思うと壁にぶつかり、そのまま転げてしまう。

「コウ！」先を行っていた子どもが足を止め、すぐさま駆け寄る。

ミトロフとカヌレを警戒し、慌てるように肩を貸そうとする。

「いて、いててて！　足！　足首が！」

「だ、大丈夫？　ほら、立って！」

地べたに座り込むふたりを前にようやく、ミトロフはスリに遭いかけたらしいと気づいた。たくましいことだ、とつい懐を押さえる。

「カヌレ、助かった」

「いえ。務めですので」

騎士そのものの言動がたまに顔を出すのがカヌレである。ミトロフの盾になると宣誓した日以来、カヌレは忠実にミトロフを守ってくれている。

「おい、大丈夫か」ミトロフが声をかけると、子どもたちは顔をあげた。

「うるせいやい！　太っちょのくせに！」

言い返したのは足を挫《くじ》いたらしい少年だった。声音は勇ましいが、声変わり前の透《とお》る声をしている。

「あ、あの、ごめんなさい、ぼくたちぶつかりそうになってしまって」

ふむ、とミトロフは顎肉をつまむ。被害に遭っていれば問い詰める気も起きるが、カヌレが未然に防いでくれた以上、ミトロフには怒る理由がない。

世の倫理として間違ったことを改めるように諭すという選択肢もあろうが、余計なお世話だろう、とミトロフは頷いた。

「そうか。これからは気をつけるといい」

ミトロフは子どもたちを置いて歩き出そうとする。そのとき、

「――なんだよ、魔物を引き連れてるくせに」

ミトロフはぴたりと足を止める。さっと振り返ると、コウと呼ばれた少年の前に屈《かが》む。

「怒る理由ができてしまった。今の発言は許せないな、取り消してくれるか」

「あああ！　ごめんなさい！　コウがごめんなさい！　こいつ、あの、本当にバカで！」

庇うように前に出た子どもは少女のようである。バタバタと手を振り、今の発言をひとりで打ち消そうとしているかのようである。

「バカじゃねえよ！　おれ、見たんだぞ！　後ろの黒いやつ！　顔が骨だった！」

「そうだな。骨だ。だが彼女は魔物ではない。間違った発言だ」

ミトロフは冷静に認め、訂正を要求する。

「あの、ミトロフさま、わたしは気にしておりませんので……」カヌレがおずおずと言葉を挟む。

「いいや、ぼくは気にする。大事な仲間を貶《けな》されたら怒る。当然だろう」

「なにが仲間だよ！　金持ちのくせに魔物と仲間なわけないだろ！」

「仲間だ。ついでに金持ちではない」

「嘘《うそ》つけ！　貧乏人がそんな短剣を持ち歩くかよ！」

ほう、とミトロフは感嘆した。ミトロフは腰に、刺突剣の他に短剣をひとつ下げている。それはカヌレの兄である銀鎧《ぎんよろい》の騎士から譲り受けたものだ。華美な装飾はされていないが、逸品である。

「ごめんなさい！　コウの失礼な言い方を代わりに謝りますので！」

「おい、勝手なことすんなよカイ！　おれは謝らねえからな！　魔物だっていうのも事実じゃんか！」

「ああもう！　コウは黙っててくんないかな!?　いつもいつも事態をややこしくするんだから！」

「お前がいつもヘタレなだけだろ！」

途端、火がついたのか、ふたりは言い争いを始めてしまった。ミトロフもカヌレも眼中にないという様子である。

カヌレは何も言わず、それでいて何が起きてもミトロフを庇えるように立っている。

ミトロフはふたりの少年の様子を窺《うかが》い、どうも演技らしいな、と推測を立てた。ふたりは達者に口喧嘩《くちげんか》をしながらも、ミトロフの様子を探っているような気配がする。

立派なものだ、とミトロフは感心してしまった。謝罪はもらっていないが咎《とが》める気も萎《しな》びて、ミトロフはふたりの作戦に乗ることにした。

ふう、とため息などついて、わざと視線を外して顔をカヌレに向ける。

「いまだ！」同時にふたりが立ち上がり、駆け出した。「やーい！　この無能っちょ！」

なんだその独特な罵りは、とミトロフが呆れと共に視線を戻す。

足を引きずりながらも、コウは顔をこっちに向けたまま走っていく。捨《す》て台詞《ぜりふ》を受け止めることは不本意だが、ミトロフはそのまま見送って一向に構わなかった。しかしどうにも運というものがあるらしい。

「うるせえな！　眠れねえだろうが！」騒ぎに苛立《いらだ》った住人が扉を開けた。

前を見ていなかったコウは反応に遅れ、見事にそこに顔を突っ込み、跳ね飛ばされるようにひっくり返ってしまった。

「こ、コウぅぅぅ!?」

先を行っていたカイが戻ってコウの身体に取り付くが、ゆすっても目を覚ます様子がない。頭をぶつけたらしい。

ミトロフはカヌレと顔を見合わせる。カヌレはふるふると首を左右に振った。

仕方ない、と鼻息をひとつこぼして、ミトロフは少年たちに歩み寄った。

8

揺れている、とコウはぼんやりと思う。

温かく、柔らかい何かに身体を運ばれている。汗臭さと、深い森と花のような香りがする。これは石鹸《せっけん》という匂いだとコウは知っている。

足がふわふわと浮き、歩いてもいないのに前に進んでいく感覚。ずいぶんと昔に、同じことをされていた気がする。目がだんだんと覚めていく。もう少しだけ微睡《まどろ》んでいたいという気持ちがある。

懐かしさに浸っていたい。現実よりもそっちの方がずっといい……。

「とうちゃん――」

「ぼくは婚姻もまだだ。気が早い」

背負った少年に軽口を返せば、ううん、と呻《うめ》く声。やがてもぞもぞと動きだし、目が覚めたのだと気配で知れる。

「……なんだこの丸い頭」

「運んでやっているんだぞ。起きたなら降りろ」

「……なんでおれがおんぶされてるんだ？」

きょとんとした声にはあどけなさがある。今ばかりはかわいらしいものだ、とミトロフは苦笑した。

「コウ！　目が覚めた!?　頭とか痛くない？」

「あたま？　痛いわけが……いてえ！」

額をさすってたんこぶを刺激したらしい。扉に盛大に打ちつけたようで、コウの額はぷくりと膨らんでいる。

「ど、どうなってんだ？　おれ、誘拐されてるのか!?」

「そんなことをするのはよほど見る目のない誘拐犯だろうな」

「お、お前！　おれをどこに連れていくんだよ！」

「コウ、落ち着いてよ！　この人たち、気絶したコウを院に運んでくれてるんだよ」

「はあ!? ばか！ 院に知らないやつを連れてくるなって言われてんだろ！」

「仕方ないじゃんか！ あんなとこでコウを置きっぱなしにできないんだから！」

起きるなり騒がしい子どもふたりに、ミトロフの唇はへの字を描く。不本意なのはミトロフも同じである。カヌレがくすりと小さく笑う。

知らぬとはいえ、意識のない子どもを裏通りに放置することはできなかった。どこか安全な場所に届けようと訊けば、カイが言い出したのが〝院〟という場所だっただけである。

コウの意識がないうちに、ミトロフたちとカイはいくらか打ち解けていた。カイの話によれば、〝院〟には〝先生〟がおり、子どもたちが集まって暮らしているという。

「……それで、あとどれくらいだ？」

「あ、もうすぐです。そこの角を曲がったら」

カイが指さした角を曲がると、ミトロフは目を丸くした。これまでずっと狭く薄暗い道であったのに、そこだけにぽかりと陽《ひ》だまりが落ちていた。

朽ちかけた教会のようである。空き地を囲うように木の柵が巡り、手入れのされた植木に花がついている。その植木越しの庭に物干し竿《ざお》が何本もかかり、そこにシーツや子ども用の小さな服が所狭しと干されていた。

子どもたちのはしゃいだ声と、鍵盤楽器の粒のような音が聞こえる。音量は一定で間延びがなく、それがチェンバロ特有の音色だとミトロフは知っている。裏通りには似つかわしくない朗らかな場所だった。

「ぼく、先生を呼んでくる！」カイが駆け出した。鉄の門扉を押してあけ、中に入っていく。

ミトロフはゆっくりと歩いて向かいながら、チェンバロの音に耳を澄ませていた。よく知られた童謡だ。音がいくつか外れているのは、奏者の腕ではなく、チェンバロ自体の調律がズレているからだろう。

ミトロフとカヌレが門の前に着くころ、カイがひとりの大人を連れて出てきた。ひょろりと背の高い初老の男性である。着古されてはいるが、それは司祭の服に違いない。

男性はミトロフと、その背にいるコウを見やると、落ち着いた所作で深々と頭を下げた。

「うちの子がご迷惑をかけたようですね。申し訳ない」

「……先生、ごめん」コウがしょんぼりと素直に謝る。

先生と呼ばれた男性は顔を上げ、コウを優しく見つめた。

「謝る相手が違うだろう。わかるね？」

「……太っちょ、ごめん」

こら！　と先生が叱るが、ミトロフとしてはそれで充分である。

「この子は足を挫いた上にしたたかに頭をぶつけてな。休ませたほうが良いと思う」

「それはまったく、ご親切に感謝するばかりです……受け取りましょう」

近づいた男性に、ミトロフは背を寄せる。コウは両手を伸ばして先生の首にしがみついた。あれほど強気に騒いでいても、親のような存在を前にするとしおらしい。

「ベッドに運んで参りますので、どうかここで少々お待ちいただけますか？」

「いや、役目も終わった。ここで失礼しよう」

「ですが、礼も詫《わ》びも満足にできておらず――」

「ミトロフ!?」

急に名前を呼ばれ、驚いたのはもちろんミトロフである。

声に誘われて顔を向ければ、建物の横合い、洗濯物が干されていた庭に繋がるほうからやってくる人がいる。腕には洗濯物の残った籠を抱えている。

今度こそ間違いなく、それはグラシエであった。

「――グラシエ、やっぱりきみだった」

ミトロフは笑みを浮かべた。半年と経《た》っていないのに、ずいぶんと懐かしい気持ちがする。

しかしグラシエが浮かべる表情は、喜びばかりではない。戸惑い、バツの悪さ、そしてどこか困ったような……。

「……グラシエ、そうか、見つけてしまったんだな」

ミトロフは貴族である。幼いころから読書に観劇にと、物語に親しんできた。それゆえにグラシエのその表情や態度から、すぐさまに真実を見抜いてしまったのである。

「いや、いいんだ。ぼくのことは気にしないでくれ……ぼくらが結んだ再会の約束、それがいま果たされた。それでぼくは満足だ。果たされぬ約束ほど虚《むな》しいものはないからな。たとえ約束の先に続きがなかったとしても」

ふう、と物憂げにため息をついて、ミトロフは額に手を当てた。

「……おぬし、何を言うておる？　勘違いしておらんか？」

「何って、見つけたんだろう、真実の愛を」

「ばかめ」

グラシエは手短に切って捨てると、深々と息を吐いた。

こめかみに白い指を当て、眉をきっと吊り上げてミトロフを睨《ね》めあげる。彫刻のように端整な顔立ちが遠慮もなく不愉快さを表現すると、それは神の彫像に見下されているかのような迫力をともなうらしい。ミトロフは背筋がゾゾっと痺《しび》れた。

「なんでそんなことを考えたのか、言うてみぃ」

「……昨日、顔を見るなりきみは逃げただろう」

「うむ。逃げた。あんな場所で会うとは思わなかったのでな。動揺してしもうた」

「いま顔を合わせたとき、きみは複雑な表情を見せた。手放しで喜んでいるとは言えない」

「そうじゃな。驚きもした。よもやここにふたりがやってくるとは夢にも思わなんだゆえ」

「女性が男に対してよそよそしい反応をする。それは往々にして、別に真実の愛を見つけたからだと決まっている」

「なんでそうなる？」目を細めたグラシエが、呆れた声音で訊いた。

「……劇だと、そうだから」

「劇ぃ？　おぬし、創作物と現実の区別もつかんのか！」

「し、しかしだな、現実の人間の個性を強調して描かれた人物たちが織りなす劇とは、つまり現実に起こりうる悲喜交交《ひきこもごも》を凝縮したもので、人と人との関係のあり方をぼくはそこから学んだんだ」

「じゃからおぬしは純粋というか、世間知らずというか。良し悪《よあ》しじゃのう……」グラシエは呆れながらも、ふっと力を抜いて瞳を和らげた。「劇の女子がどうかは知らん。じゃがわれはわれじゃ。どこぞの劇中の女と比べるでない」

「う、うむ……そうだな、それはそうだ」ミトロフはふんふんと頷く。

では、なにか事情があるのか、と訊けば、グラシエは仕方あるまいと首を振った。

「実は少々、問題を抱えておる。おぬしに話せば必ず手を貸してくれるじゃろう。解決するまでは会えぬと思っておった。われはすでに大きな借りがある。まずはこれを返さねばならぬ。これ以上の世話をかけては申し訳ないでな」

「なるほど。話はよく分かった。きみの問題に手を貸そう」

「話を聞いておったか？　理解はできておるか？」

呆れた様子のグラシエに、ミトロフは胸を張って見せた。

「都合のいいところだけ聞いた」

「……ばかもの」

グラシエはふっと息を抜くように笑った。

9

やけに温かい笑みで黙って見守っていた司祭の男性に、グラシエが話を通した。ミトロフとカヌレはグラシエに案内される形で教会の中に入る。

長方形に細長い教会の礼拝堂は、日向《ひなた》と影がくっきりと分かれていた。見上げる高さに縦長の窓が等間隔に並び、そこから差し込む鮮やかな陽光が壁に斜線を引いている。

真ん中に通路を挟んで、左右には使い込まれて色も変わった長椅子が並んでいる。しかしそのうちの幾つかは背もたれが欠けたり、腐り落ちたりしている。もとは白かったであろう壁も今ではくすんでいて、手入れだけではどうしようもない老朽があちこちに見られた。

グラシエについて歩きながら、ミトロフは天井を見上げた。空中に舞う塵《ちり》や埃が、陽の光の中できらきらと瞬いている。光を透かすようにして、天井に描かれた絵が、ミトロフの関心を惹いた。

「――美しい絵だ」

「ああ、天井画のことかの。立派なものじゃろう」

グラシエはあまり関心もない様子であるが、ミトロフは天井を埋める絵をじっと見上げた。

教会の中心に正円が枠を作り、その中で聖女と騎士と神々とが描かれている。竜殺しのために、騎士に聖剣を託す神々と、祝福を贈る聖女……聖書の中でも有名な場面である。

淡い色使いに柔らかな筆致は宗教画によくあるものだが、この天井画は他の宗教画よりも目を奪われる、とミトロフは思う。それはデッサンの確かさか、構図の巧みさか、あるいは廃れてしまった教会という場所によるものか。

ミトロフ自身は敬虔《けいけん》な信徒ではない。教会で祈りを捧げ、司祭や神官の説法を厳かに聞くこともあったが、神の存在を感じたことも、そのために行いを正すこともなかった。しかし今、ミトロフは言葉という形では表しようのない感覚を持て余していた。

そこに神を見たわけでも、落雷に打たれたように啓示を得たわけでもない。ただ、神聖なものを前にしている、と肌で感じた。

美しいものには、人を厳粛にさせる力がある。こんなものを人が生み出すことができるのか、その筆の運びひとつひとつに、神の意思が宿っているのではないかと。

教会という場所で、数多《あまた》の人々が膝をつき、真摯に祈り、蠟燭《ろうそく》を灯し……その姿を何千日、何十年、と見守ってきた時間の重み。教会とは、ただの建造物ではない、とミトロフは理解する。この絵の下で、人は身の行いを正すのだろう。見上げている今、絵ではなく、神に見つめ返されているような気さえする。

「ミトロフさま?」

「……ああ、すまない。居心地が良くてな」

カヌレの呼びかけに、ミトロフは顔を向けた。苦笑が浮かぶ。

これまでまともに祈ることもしていなかった。それが急に敬虔な信徒のようなことを考えている。自分の変わりようの、その都合のよさがおかしかった。

グラシエは長椅子の並びを過ぎて、横手の通路へ入った。ふたりはそのあとについていく。奥には扉があり、その奥は狭いながらも来客室のように構えられていた。

グラシエが部屋の窓を開けると、光と共に風が入る。ローテーブルを挟むように、椅子が四脚ある。グラシエと向かい合うようにミトロフが座る。その斜め後ろにカヌレが立った。

「なんじゃ、カヌレ。おぬしも座るといい」

「いえ、わたしは……」

「きみだけ立っていたら気になる」

「ミトロフさまがそう仰るのでしたら、失礼します」

カヌレが素直にミトロフの横に腰掛けたのを見て、グラシエは微笑を浮かべた。

「われがおらぬ間、うまくやっておったようじゃな」

「ああ、カヌレにはよく助けてもらっているんだ。彼女がいなかったら冒険者は続けられなかっただろうな」

「……過分なお言葉です」

「よくミトロフの世話をしてくれたようじゃな」

「いえ。わたしの役目ですので」

カヌレの改まったような態度に、グラシエはわずかに首を傾げた。

窓際の席には陽光が朗らかに降り注いでいる。グラシエの肩に流れた銀の髪が、首の傾ぎに合わせてさらりと揺れ、その筋がきらきらと光の粒を弾く。グラシエの瞳は透き通るように青く、まさに今の空と同じ色をしていた。

うつくしい人だ、とカヌレは思う。

騎士であったカヌレは、主人に付いて社交界に赴くことも多かった。そこでは飾り立てた貴族の夫人や少女を存分に見た。幼きころから心身を磨き抜かれた彼女たちは確かに華と呼ぶに相応《ふさわ》しい美を備えていたが、エルフという種族と比べてしまえば、違いは誰にでも分かる。銀と鉄が似て非なるように。

「話を進めましょう」と珍しくカヌレが舵《かじ》を切った。

「……そうじゃな。ここに至って、もはや逃げも隠れもせぬ。われの事情を話そう。正直、これは聖樹の思《おぼ》し召《め》しかとも思っておる。坩堝《るつぼ》のようなこの街で、示し合わせたわけでもなくおぬしらに再会できたのじゃ。ひとりで悩まず話をせよということかもしれん」

グラシエは目を閉じて苦みを噛《か》むように笑い、目を開いて教会の壁を見上げた。

「見ての通り、ここは教会じゃ。すでに打ち捨てられた廃墟《はいきょ》、とも言えるがの」

「きみは、ここに住んでいるのか?」

ミトロフの問いにグラシエは頷いた。

「半月には及ばぬがな。縁があってここで生活をしておる……そうじゃった、報告が遅れてしまったが、聖樹は無事に病を克服した。おぬしらの助力のおかげじゃ。改めて礼を言わせてほしい」

グラシエは深々と頭を下げた。彼女は元々はエルフの里の狩人《かりゅうど》であった。里で厳重に管理する聖樹が枯れ病に冒されたため、その治療薬の材料を求めて迷宮に挑んでいたのである。三人は協力して目的の材料を手に入れ、グラシエが里に帰っていったのが数ヶ月前のことだった。

「無事に治ったか。それは安心した」

「里の者たちも、ふたりによくよく感謝しておる。公にはできぬ話ゆえに、われがまた遣わされたのじゃ。感謝の証を届けるためにの」そこでグラシエはいくらか口籠もる。こほん、と咳払《せきばら》いをする。

「感謝の証？　貰《もら》えるものは嬉しいが」

「……そうかの。おぬしがそう思ってくれるなら、われも助かるが」

「あとで丁重にいただくとして、そこからどうしてグラシエがここにいることになった？」

「丁重にいただく!?　ああ、いや……そうじゃな、そこからが問題に関わる話になる」ん、ん、と喉を鳴らして声を整えると、グラシエはふたりの顔を交互に見た。「――ときに、おぬしら、カイとコウの顔を見たか？」

「――見た」

ミトロフは率直に答え、カヌレは頷いた。

グラシエはほう、と息をはき、ならば話も早かろうと肩をすくめた。

「ここは〝烙印《らくいん》の仔《こ》〟が住まう孤児院なのじゃ」

「……そうか。そんな気はしていた」

気絶したコウを背に負うとき、ミトロフはフードの下にあるその顔を見た。半獣、と表現すべきか。コウは人の顔ながら、鼻先だけが犬のように尖《とが》り、獣の口をしていた。

「〝烙印の仔〟は迷宮から産出された遺物による呪いや、魔法の影響を受けた者を指す」

「わたしのように、ですね」

「ああ。じゃが古来の意味はそうではない。人ならざる者……多くの者が自分らとは違うと線引きをした者を総称して、烙印の仔と呼んできた」

「なるほど、奇種の者たちか」

「これ、ミトロフ。その呼び方は控えよ」

「ただの区分けの名称だろう？　ぼくは本でそう読んだが……」

「無味な文字も、人が口にすれば意味を持つ。奇種という響きはこの辺りでは好まれておらぬ。まだ烙印の仔のほうがマシ、とな」

「そうか。それはぼくの不明だ。教えてもらって助かった。感謝する」

ミトロフは小さく頭を下げた。こればかりは自分の世間知らずを反省するべきだろう、と素直に受け止める。

率直な態度に、グラシエは柔らかな眼差《まなざ》しを向ける。

「とかく、迷宮の呪いを継いだもの、病、混種、怪我……それぞれに持たざるを得なかった荷物のために暗がりに押しやられてしまった子らを、ここの司祭殿は世話しておるのじゃ」

「……立派なことだ」ミトロフは重々しく言う。

「いやいや、自分にできることをさせてもらってるだけですよ」

部屋の奥の扉から、先ほどの男が姿を見せた。カップとティーポットの置かれた盆を持っている。

扉の向こうには水回りなどの生活空間が繋がっているらしい、とミトロフは推測した。教会と言えど、司祭や修道女などが住み込みで生活するための設備は必要だ。

「これはすまぬ、サフラン殿。気を使わせてしまったの」

「友有り、遠方より来たる、また楽しからずや。良い客人をもてなすのは私の楽しみにもなります」

席を立って盆を受け取ろうとしたグラシエに座るように促しながら、サフランはテーブルに茶を並べていく。

「と言っても、お出しできるのはこの庭で採れたハーブティーと、ささやかなクッキーだけなんだ」

「飲み食いできるだけでありがたい。見ての通り、いつも腹を空《す》かせているのでな」

鷹揚《おうよう》に答えたミトロフの態度に、サフランは目尻に皺を浮かべた。

「このハーブは珍しい物でね。口に合わなければ紅茶を用意しよう」

「われはこの茶がすっかり気に入ってしまっての。ミトロフは……ああ、失礼した。サフラン殿、改めて紹介しよう。これがミトロフ、こっちがカヌレじゃ。ふたりとも、こちらがサフラン殿じゃ。この教会を運営されておる司祭さまじゃ」

グラシエさんからお話を聞いておりました、とサフランは穏やかに笑う。教会を差配する司祭ともなれば従者もつく地位であるはずだが、ポットからお茶を注ぐ所作には手慣れた様子があった。

「グラシエがあなたにぼくたちを紹介することになった経緯を聞いていたところだ」

サフランから差し出されたカップをミトロフが受け取る。貴族の茶会では、誰が初めに茶を飲むかという小難しい作法がある。毒が入っていないことを示すためにもてなす側が最初に口をつけることもあれば、疑うつもりもないと示すために招かれた側が真っ先に飲むこともある。

ミトロフはいまだ染み付いた貴族の習慣で空気を察し、まず初めに自分が茶を飲むことにした。

それはサフランの精一杯のもてなしであることと、珍しいハーブで淹《い》れたものであるという言葉を受けての行動である。客人である自分がまず茶を飲み、まったく不服なく満足であると示すことが良かろう、との判断だった。

ミトロフはわずかに目を伏せ、カップの中を覗《のぞ》いた。紅茶と言えば赤や茶、ときに黄色といったところであるが、ハーブティーは夏の新緑の芽を溶かしたように鮮やかな色をしている。

鼻を寄せれば香りは薄い。しかし悪い匂いではない。すっとした清涼を感じる。

ひと口含めば、ずいぶんとぬるい。司祭ともなれば教養は深かろう。茶の淹れ方が分からないわけはない。紅茶が沸騰した湯を使うのに対し、これは意図して冷ましてあるらしい。火傷《やけど》をすることもなく、茶は長く舌の上に残った。

まず感じたのは、眉間に皺が寄るほどの渋味と独特の苦味。しかし喉まで飲み下したあとには奥深い甘みが見つかった。

なるほど、これはぬるい方が良かろう、とミトロフは頷いた。紅茶と同じ熱さで飲めば苦味と渋味も減るが、この繊細な甘さは消えてしまう。

「初めて飲む味の茶だ。これは味覚が楽しい」

素直に感想を告げたミトロフに、サフランは柔らかな笑みで頷いた。

「ずっと東の国で飲まれている茶だそうでね。こちらでは普及していないが、私は好きなんだ」

ごゆっくり、と言い残してサフランはまた奥の部屋に戻っていった。

ミトロフとグラシエは緑茶で喉を潤し、カヌレは緑の茶に興味深げに顔を寄せ、少しの休息となる。

「続きを話そうかの」

仕切り直すグラシエの声に被さるように、野太い男の声が窓から遠く聞こえた。

「サフランさぁん、いらっしゃいますかぁ」

低く間延びした声。グラシエの眉頭がきゅっと寄り合い、眉間に深い皺が生まれた。聞かずとも好ましい客ではないらしい、とミトロフは察する。

「……説明の手間が省けて良いかもしれんな。われがここにおる理由は、まさにあの声のせいじゃ」

やれやれとグラシエは立ち上がる。ミトロフとカヌレもそれに倣い、三人は連れ立って教会の表門に向かう。そこにはすでにサフランがいた。向かい合ってふたりの男が立っている。見るからに屈強な熊顔の男と、小柄ながらに目つきの鋭い人間の男だ。

「何度も来ていただいて申し訳ないが、答えは変わらなくてね。この教会を売るつもりはないんだ」

「しかしね、サフランさん。こっちも頼まれてやってるもんでね。苦情が来ているんですよ。あんたらみたいなのがここで生活していると、これが怖くて仕方ないってね。分かるでしょう？　俺たちは街の治安を守る義務があってね」

「もちろん分かります。住民の方たちにご迷惑をかけるのは、私も不本意なことです。しかし話し合い、この場所を知っていただければ分かり合えることもありましょう。ぜひその住民の方々と対話の機会をいただけませんか？」

「あんたもしつこいね、何度も何度もそう言うが、こっちも答えは変わらないんですよ。住民の皆さんは、あんたらの顔も見たくないって言ってるんだ」

口調は丁寧なようでいて、内容はひどく粗暴である。ミトロフは眉をひそめた。明らかに乱暴者という風である。グラシエは慣れた様子でずんずんと進み、サフランの横に立って腕を組んだ。

「……まぁたお前かよ」呆れたような声音で熊男がぼやく。

「ほとほと嫌気がさすとでも言いたげな顔じゃのう。安心せい、気持ちはわれとて同じじゃ」

「お前さんは関係ないだろうが。教会の関係者か？　この男の娘か？　違うだろ？　おとなしくしててくれ、な？」

「われは幼子ではない。自分の意思でここにおる。不当な立ち退きの要求など、われがおるうちは認めさせぬでな」

「不当じゃねえって言ってんだろ。このあたり一帯の土地はウチが正当に買い上げたんだ。そこに住もうってんなら、それなりの金を払ってもらうのが当然って話だろ？　金も払えねえってんなら、そりゃ出てってもらうしかねえよ」

「教会の建つ土地を買い上げた？　ここは神の住む家じゃぞ。ちゃんとした認可はおりておるのか？」

毅然《きぜん》としたグラシエの態度に、熊男は眉尻をハの字に下げた。小柄なグラシエながら、整った容貌で目つきも鋭く睨め上げれば威勢も良い。大きな身体をどこか居心地悪げに揺らし、熊男は後ろに顔を向けた。

「……兄ィ、どうしやしょう」

兄ィと呼ばれた小柄な男は、退屈そうにグラシエを見た。それからサフラン、ミトロフ、カヌレと視線を巡らせたかと思うと、欠伸《あくび》をした。

「帰るぞ。今日は客で賑わってる。邪魔しちゃ悪い」

「へっ、あ、兄ィ!?」

呼び止める声に振り向きもせず、男はさっさと歩いて行ってしまう。熊男はその背中とグラシエとに慌ただしく視線を悩ませてから、「ま、また来るからよぉ！」と言い残して駆けて行った。

悪人のようでいて、どうにも奇妙な二人組を見送って、ミトロフはグラシエの隣に並ぶ。

「この孤児院は、地上げの対象になっているのか？」

「うむ。あやつらはこの辺りを纏める狼藉者《ろうぜきもの》よ」

「裏街を取り仕切る非合法の集団があるという話は聞くが……なんだってきみが対抗しているんだ」

ミトロフがグラシエに顔を向けた。ちょうどその時に、会話に言葉を挟んだ者がいる。

「サフランさま、いま、どなたかいらっしゃいませんでしたか？」

教会の横手、庭に繋がる小道から姿を見せたのは、黒のローブに身を包んだ修道女である。女性は壁に手を当てたままこちらを見ているが、その目元は黒い布で覆われている。

弱視か盲目か、とミトロフは推測する。同時に、その女性の耳が長いことに気づいた。

「グラシエ、そこにいるの？」

「うむ。面倒な客が来ておったがな、いま帰ったところじゃ」とグラシエは答え、目を丸くしているミトロフに顔を合わせてから悪戯《いたずら》っぽい笑みを浮かべた。「ミトロフ、紹介しておこう。姉上じゃ」

10

「おいミトロフ！　食い過ぎ！」

額にたんこぶを作ったコウが机をばしばしと叩いた。その隣に座っている幼子が、くいすぎぃ、と真似《まね》をする。

「ぼくは身体が大きいんだ。食べる量が多いのは当然のことだ」

真面目な表情で言い返し、ミトロフは大皿から肉と野菜の炒《いた》め物《もの》をお代わりした。

ああー！　と叫ぶのは、同じように卓を囲んでいる子どもたちである。

「みとろふがまたおかわりした！　ずるい！」顔を包帯で覆った少年が指差す。

「あたしもおかわりする！」首に黒蛇の鱗《うろこ》を浮き上がらせた少女が身を乗り出した。

中庭に長机を並べ、そこには子どもたちと、数人の修道女が集まっている。教会の全員で夕食を囲んでいた。

「ちと見ぬ間に、ずいぶんと仲を深めたのう」グラシエは目を丸くしている。

グラシエとカヌレが食事の支度を手伝っている間に、ミトロフは意図せず子どもたちと交流することになった。

ぼうっと座っていたミトロフを、ベッドを抜け出したコウとカイが棒を片手に襲撃してきたのを返り討ちにしたのだが、子どもたちはそれを遊びと認識したらしい。

見知らぬ上に貴族らしいミトロフの佇《たたず》まいに怯《おび》えたように遠巻きにしていた子どもらも、コウとカイを筆頭にした年長の子たちが食ってかかり、それでも笑っているのを見て、ミトロフは危険な生き物ではないと理解したようだった。

少女たちのおままごとに王様という役柄で律儀に参加し、本を抱えた少女に頼まれて絵本を読んで聞かせ、片手の棒切れで男子たちの剣を打ち払っていたら、いつの間にか夕暮れになって食卓に料理が並んでいたというわけである。

「すまないね、ミトロフくん。うちの子どもたちの相手をするのは大変だったろう」サフランが申し訳なさそうに言う。

ミトロフは左手で幼子の拳をいなしながら、右手のナプキンで口元を拭いた。

「大変とは、なにがだ？」

「なにって……振り回されるだろう？　うちの子たちは元気が溢れていてね」

苦笑するサフランに、ミトロフは首を傾げた。

「別段、ぼくはなにもしていない。誘われた遊びに参加しているだけだ」

ぽーんと、ひと口大に千切られたパンが横から飛んできて、ミトロフの頬にぶつかってテーブルに落ちた。ミトロフはそれをひょいと摘《つま》んで口に入れた。

「……テーブルマナーはよく教えたほうがいいかもしれない」

「てーうるあなー！」

「そうだ、よく分かってるじゃないか。まずはパンとお手玉の違いを学ぶところから始めよう」

ミトロフの物言いに、背後で立って控えていたカヌレがくすくすと口元を押さえた。

「おぬし、子守りが上手《うま》いのう……」

「グラシエは苦手か？」

首を傾げたミトロフに、横からコウが顔を寄せ、ひそひそと告げ口をした。

「グラシエって超こえぇんだよ、すぐ怒るんだ。話し方も婆《ばあ》さんみたいだし」

「コウ、聞こえておるぞ。そこまで怒ってほしいならそうしてやってもよいがの？」

笑顔を向けるグラシエの迫力に、思わずミトロフのほうが身を引いてしまう。しかしコウはそんな表情に慣れてしまったのか、あるいは若さゆえの蛮勇か、へんと鼻で笑うと、グラシエに堂々と言い放った。

「鬼婆《おにばば》」

「――よきかな。そこを動くでないぞ」

グラシエが席を立つと同時に、コウは椅子を飛び降りている。

途端に始まったのは鬼ごっこであり、舞台は目の前の広い庭だ。子どもたちは楽しいことに目がない。食器やパンを放り出すなり、あっという間に鬼ごっこに参加する。

「にぎやかなことだ」

駆け回る子どもたちとグラシエを眺めながら、ミトロフは鷹揚に頷き、籠に盛られた丸パンをひとつ取った。

薄闇の中で、わいのきゃいのと明るい子どもたちの声が響く。

サフランは席を立ち、テーブルの燭台《しょくだい》に火を灯すと、空いた食器をまとめていく。

「ミトロフさん」と、穏やかに声をかけたのは、グラシエの姉、ラティエである。

並んだ椅子の背に手を渡らせながら、すぐ近くまでやって来ている。蠟燭の灯火に照らされた細面は白く、陶器のように滑らかな肌をしている。グラシエよりも大人びた雰囲気を纏っているが、瞼を覆う黒い布が目立つ。

「ラティエ殿、腕に手を」と、ミトロフは席を立ち、緩く曲げた腕を差し出した。

「では、遠慮なく」

ラティエはそっとミトロフの腕に指をかける。慎《つつ》ましやかな所作の中にたおやかさがある。ミトロフはラティエの動きに合わせながら、空いた隣席に導いた。

「そのまま腰を下ろせば椅子がある。先ほど挨拶だけさせていただいたが、妹殿には世話になった」

「こちらこそ挨拶が遅れて失礼しました。妹からはあなたのお話をよく聞いております」

椅子の背もたれに寄り掛からず、しゃんと背筋を伸ばした姿は、グラシエとはまた違う趣きの凜《りん》とした芯をミトロフに感じさせた。それでいて透き通るほどに白い肌と、線の細い輪郭も相まって、手を触れることさえ躊躇《ちゅうちょ》するガラス細工のような儚《はかな》さを纏っている。

ミトロフは隣に座り、テーブルに伏せられたグラスをひとつ取ると、水差しから注いだ。

「右手の二時の方向にグラスを置く。肘を伸ばせば届く距離だ」

「ご配慮ありがとうございます。ずいぶんと慣れていらっしゃいますね？」

言われてようやく、ミトロフは自分の行為が一般的なものでないことに気づいた。

「子どものころに身についた習慣というのは、どうも自然と出てしまうようだ」ミトロフは苦笑する。そこには昔を懐かしむ気持ちが混在する。「世話をしてくれていたばあやが目を病んでな。しばらく、こうして手助けをしていたことがある」

「お喜びになられたでしょう」

「どうかな。至らぬところも多かった。かえって気を遣わせてしまっていた気がする」ミトロフは幼き日の思い出をひとつ拾い上げると、現実に意識を戻した。「なにかぼくに話が？」

ええ、と、いえを交ぜ合わせた声は、肯定と迷いを選びきれていない様子である。

庭を走る子どもたちの笑い声が響く。ラティエは顔を向け、口元に笑みを浮かべた。瞼《まぶた》を覆う布はあれど、その瞳には子どもらとグラシエが映っている。

「……グラシエは、幼いころからよく私を助けてくれました。ここにお世話になってからも、街に来るたびに様子を見に来てくれて。里の用命で冒険者の真似事《まねごと》をすると聞いたときには、ずいぶんと心配したのです」

「そういえば、グラシエは宿で寝泊まりをしていたようだが」

「子どもたちと、それに私に心配をかけまいとしたのでしょう。あの子が冒険者として迷宮に潜っている間は、ほとんど顔を出しませんでした。迷宮では怪我をすること、命を失うことは珍しくないと聞きます。帰ってくるはずの者が帰ってこない……そうした経験を、あの子たちは知りすぎてしまっていますから」

「それじゃまるで、グラシエは死ぬことを覚悟していたみたいじゃないか？」

「あの子は生真面目ですから。必ずうまくいくと期待することはできなかったのでしょう。自分がいなくなっても、子どもたちを傷つけぬようにと、ひとりで宿を取ったのです」

宿の部屋でひとり、姉や里のことを考えながら、迷宮に挑む決意を固めているグラシエの姿を、ミトロフは想像した。待っている者、帰りたい場所がありながら、地下穴に潜っていく心境とは、どんなものであったろう。

出会ったときには思いもしなかったグラシエの心の内を、今になってミトロフは察する。

明るく、頼もしく、初心者であったミトロフに親切にしてくれたグラシエであっても、そこに恐怖や葛藤がなかった訳がない。あるいは街の中で孤独に迷宮に挑む恐ろしさゆえに、ミトロフを仲間として求めたのかもしれない。

庭を走り回るグラシエは、手近な子どもを捕まえて抱きしめる。きゃー、と声をあげる子どもは満面の笑みである。グラシエもまた子どものように透明に笑っている。

「楽しそうだ」

「ええ、本当に。父が早くに亡くなってしまったことで、あの子は弓を取って狩人となりました。獣を狩り、夜盗を追い払い、ついには迷宮にまで。今はこの教会を守るため、また争いごとに……本当は、とても優しい子なのです」

ラティエはミトロフを見る。不思議と今ばかりは、その焦点がくっきりとミトロフの瞳を摑《つか》んでいるような気がした。

「あの子は、あなたに大変な借りがあると言っていました。どのような形であれ、この一件が落ち着けば、またあなたと迷宮に行くつもりだと思います」

それは、と。ミトロフは返答に悩む。そんなことはない、とは言えない。なによりミトロフ自身が、グラシエはまた戻ってきてくれると当然のように思っていた。

カヌレと三人でまた迷宮に挑む。それですべてが元通りになるような気がしていた。けれどグラシエにとって、迷宮に赴くことは〝元通り〟ではない。彼女には彼女の人生があり、居場所がある。

そんな当たり前のことが今になってはっきりと分かったようである。

「このような物言いは、私のわがままです。どうか、妹を迷宮に連れて行かないでいただけませんか？」

ラティエの言葉に、ミトロフは目を見開いた。心臓が鼓動を速めている。

「……ぼくは、グラシエに強制はしない」

「あなたがそのような方ではないと、私も知っています。グラシエはいつも、あなたを褒めていますから。だからこそ、あの子はあなたのために、迷宮に行くでしょう。借りがあるからと理由をつけて」

「そして迷宮で死ぬかもしれない、と。あなたはそれが心配なのか」

「大切な妹です。危険から遠くにあって、健やかに暮らしてほしい。そう願うのは当然です」

ラティエの線は細く、目元は柔らかい。しかしグラシエを思う気持ちと、守るための言葉には、ミトロフが容易に反論できぬ強さがあった。

「グラシエを助けていただいたこと、感謝にたえません。村を救う手助けをしていただいたこと、私からも伏して礼を申します。ですが、あの子が責任感のために迷宮に挑み続けるのではと……それが、私には心配でならないのです」

だからグラシエを自由に……音として響かなくとも、そこに含まれた意味をミトロフは受け取った。

——ぼくは、責任を負っていた。

グラシエを助けたとき、ミトロフは深く考えていなかった。ただ、困っている彼女の助けになりたい。自分にできることをしたい。そうした気持ちだった。

ミトロフはグラシエを助けた。そのことを貸し借りだとは思っていない。金銭のやり取りのように取り立てるつもりもない。しかしグラシエはどうであろう。

彼女は生真面目な性格だ。ミトロフが気にしなくとも、彼女は気にする。ミトロフがいらぬと言っても、彼女は納得しない。

与えられたままでは、対等では無いからだ。グラシエはその気高さゆえに、ミトロフに同じだけのものを返すまでは納得できない。だから、彼女は迷宮に行くだろう。

初めは里を守るために。今はミトロフへの借りを返すために。

グラシエが冒険者となったのは、迷宮に求めるべきものがあったからだ。今となっては、グラシエが迷宮に挑む理由はミトロフがそこにいるからでしかない。

もし迷宮で彼女が命を落とすようなことになれば、その責任はミトロフにある。

ミトロフがグラシエを助けたことで、グラシエにはまた別の鎖が巻きついてしまった。その鎖は迷宮に繋がっている。それを解き放ちたいと、ラティエは言っているのだ。

「おや、ふたりして仲良く密談かの？」

子どもたちを引き連れてグラシエが戻ってきた。揶揄《からか》うような口振りに、ミトロフは苦笑を浮かべた。

「ラティエ殿から話を聞いていたところだ。ずいぶんとぼくのことを褒めてくれていたらしいな」

「……姉上、なにを話したのじゃ」

目を細めて訊ねるグラシエに、ラティエはくすりと微笑む。

「あなたがいつも話してくれていたことですよ。ミトロフさんは頼りになる良いお人だ、と」

「違うぞミトロフ。姉上は話を大きくする悪癖があるでな。勘違いするでないぞ」

「ああ、分かっているとも」

「本当に分かっておるのか？　もちろんおぬしのことは認めておるが、そこに別段の深い意味があるわけではないからの」

「あ、鬼婆がほっぺた赤くしてら」

ただ見たままを指摘するようにコウが言った。グラシエは勢いよくコウに顔を向け、目尻をキッと吊り上げた。その頬はたしかにほのかに色づいているようにも見えた。

「いま駆け回ったからじゃ！」

「いい歳して照れんなよ、ガキじゃあるまいし」そっぽを向きながらコウが笑う。

「コウ、それはまずいよ……あっ」

忠告したカイは、グラシエの表情を見るなりそそくさと離れた。

「われを挑発するとは、よほど走り足りぬようじゃな」

「……やっべ」

「ほれ、逃げてみい！」

駆け出したコウを追い立てるように、グラシエはまた走り出した。子どもたちはそれに参加する者と、疲れて椅子で舟を漕《こ》ぐ者と、食卓に残る食事に手を伸ばす者とに分かれる。

騒がしく、それでいて穏やかな空気がある。庭を走るグラシエには、迷宮で見慣れた張り詰めた緊張感はない。

あれがグラシエ本来の気性なのだろう、とミトロフは思う。ここはグラシエにとって帰るべき場所なのだ。その身を大切に思い合う姉妹という家族がいる。グラシエを慕う子どもたちがいる。

怠惰な生活と無気力さゆえに家を追い出され、父から勘当された自分とは違うのだ。彼女は真っ当な人生を歩んでいる。

ミトロフは襟首からナプキンを取ると綺麗《きれい》にたたみ、懐におさめた。

サフランと修道女たちが、すでに寝入りかけている子どもを抱き上げ、食事の片付けに入っている。動き出した者たちの音で、ラティエは状況を察した。

「お話の途中ですが、申し訳ありません。私も勤めがありますので」

「夕飯まで馳走《ちそう》になってしまったな。ぼくらはそろそろ席をあけよう」

「また機会を改めてお話しできれば嬉しく思います」

深々と一礼して、ラティエは教会の中に戻っていった。目が見えずとも慣れた場所ならば誰に手を引かれるでもなく歩けるのを、ミトロフは知っている。

走り回っていた子どもらも、サフランに声をかけられて片付けを手伝い始めた。ここにはここの暮らしがあり、彼らには彼らの規則がある。その輪の中にいるグラシエは、すっかり馴染んでいるように見えた。ここに座っている自分は、やはり客人という部外者なのである。

ミトロフは懐に手を入れて財布から銀貨を探ると、グラスの下に挟んだ。

サフランたちは今夜、ミトロフとカヌレを迎えるために蓄えた食材を放出したに違いない。もてなすとはそういうことだ。

その気遣いに感謝して、ミトロフは遠慮することもなく食べたが、本来なら子どもらの食事になっていたはずのものである。これは教会への寄進だ、とひとり言い訳をして席を立った。

ミトロフはカヌレを伴い、サフランとグラシエに辞去を伝えた。別れというほどの重みはない。

グラシエはこの教会にいると知れた。明日でも、明後日《あさって》でも、ミトロフはここに来ることができる。

再会を約束して、教会をあとにした。

幕間

「元気そうでよかった」

銭湯でひとり、蒸気を眺めてぼやく。

グラシエと再会できたことが、懐に抱えた火石のように温《ぬく》もりを保っている。しかし、考えるべきことに迫られる出来事も生まれている。

姉であるラティエが、グラシエの無事を思う気持ちを蔑《ないがし》ろにはできない。

顔についた水滴を拭おうと右腕を上げ、ずきっと響いた痛みに歯を噛《か》んだ。

迷宮とは安全な場所ではない。真っ当な職業とも言えない。冒険者になろうという者の多くはそれぞれの事情を抱えている。明日、怪我《けが》をするかもしれない。明後日《あさって》、死ぬかもしれない。そんな場所で、自分はグラシエを守れるだろうか？

ミトロフは濁り湯に肩までを浸し、深く息を吐いた。

ほんの数ヶ月前まで、ミトロフは引きこもりに等しい生活を送っていた。用意された飯を食い、清潔なベッドに寝転がり、退屈になれば本を読む。晴れた日には芝生に寝転んで昼寝をする。

毎日が祝日のようであったが、際限なく繰り返される日々はただ退屈になる。何を目指して努力するでもなく、思い悩むこともなく、ぬるま湯に揺蕩《たゆた》うようだったあの頃を懐かしく思い出している。

もっと刺激を、もっとやりがいを、もっと生きた心地を。そんな欲求を持っていた。冒険者生活を始めた今、刺激的な毎日に退屈することがない。冷めた鉄に火が入るように、ミトロフの内面は赤々と熱を抱いている。

それは素晴らしいことだろう、とミトロフは思う。あのころの寒々とした空っぽの感情を取り戻したいとは思っていない。

だが、出すべき答えの正しさもわからずに胸に蟠《わだかま》りが刺さったままでいれば、そこから逃げ出したいという気持ちも芽生えるというものである。

「……ぼくにどうしろと言うんだ」

後頭部までをお湯に浸し、ミトロフは目を細める。今日の湯は少し熱いな、とひとりぼやいた。手足がぴりぴりと痺《しび》れるような湯の熱に、頭の中まで茹《ゆ》だっているようで、考えはとっ散らかってまとまらない。

教会の子どもたち、グラシエの笑顔、妹の身を案ずるラティエ、教会の天井に描かれた神聖な絵画……浮かんでは消えていく光景を湯煙の中に眺めている。

「釜茹でになるつもりか？」

「……うん？」

ふっと意識が戻ってようやく、自分がいつの間にか朦朧《もうろう》としていたことに気付かされた。

筋骨逞《たくま》しい男がミトロフを見下ろしている。鼻筋も勇ましい獣頭は、ミトロフも馴染《なじ》みである。

ともすれば恐ろしげなその顔に呆《あき》れを浮かばせながら、獣頭の男はざぶっと片手を差し込み、ミトロフの左腕を摑《つか》んで軽々と引き上げた。

「源泉の熱湯を調節するための水管の調子が悪いらしい。今日は長湯をするには熱すぎるぞ……もう遅いか」

「……なんだって？　ぼくは茹で豚じゃない」

「全身が真っ赤だ。しっかり茹で上がっているとも」

獣頭の男はやれやれと首を振ると、ミトロフを小脇に抱えた。冬に暖を取るための焼き石のように、ミトロフの身体《からだ》は熱を放っている。

周囲の常連たちから駆けられる声や野次、笑い声に手を振って返しながら、獣頭の男は端にある長方形の浴槽に向かった。滝湯のように流れ落ち、絶え間なく水飛沫《みずしぶき》をあげているそこに、ミトロフを放り込む。

どぽん、と盛大に水が跳ねた。

放り込まれたミトロフは一瞬で意識が覚醒し、慌てて身体を起こす。

「冷たい！」

「水風呂だ。しばらく浸《つ》かっておけ」

ミトロフは全身を鞭《むち》で叩《たた》かれたのかと思った。滑らかな石を組んで作られた浴槽に溜《た》まった水は見事に透明で、タイルで描かれた底の飾り模様までよく見える。

身体中が刺されるような冷たさに背筋がぞくぞくとする。這《は》い出ようとするが、そのたびに獣頭の男に片手で押し戻された。じゃばじゃばと暴れているうちに、ミトロフはふと、その冷たさに慣れていた。

「……う、む？」それどころか、不思議と全身からすっと熱と力が抜けていく。まるで皮膚が水の中に溶けてしまったような奇妙な感覚だった。「これは……す、すごいな……」

「そうだろう。よく熱した身体をこの水風呂で冷やす……これが、大人の嗜《たしな》みだ。お前にはまだ早いかとも思ったが、この魅力がわかるなら一人前だな」

「たしかに、水風呂に入った瞬間はぼくも死ぬかと思った……これに耐えられるのは、大人だけかもしれない……」

「そうだとも。何事も喜びというのは忍耐の先にある」

言って、獣頭の男は平然と水風呂に入って腰を下ろした。熱い湯でのぼせるほど身体を温めたミトロフですら悲鳴をあげるほどの冷たさだというのに、男は眉ひとつ動かさない。ミトロフは、これが本物の男というものかと目を輝かせた。

そのまま並び、水風呂を味わう。全身の隅々までが冷やされている。それでいて体内にはたしかな熱がこもっていて、その境目がどこかも分からない不思議な心地よさを味わった。

「出るぞ」と、獣頭の男が立ち上がる。

ミトロフも従って立つと、男の背を追う形で、浴場の端に向かった。

浴場は広く、いまだにミトロフの知らない場所も多い。獣頭の男が向かった先には、外に通じる扉が開かれていた。そのまま外に出ると、そこは露天になっている。

足元は浴場と同じように滑らかな石のタイルが繋《つな》がり、周囲からの視線を遮るように、木の板塀で囲まれていた。頭上には栈が組まれ、緑の蔦《つた》と葉が絡んでいることで、ちょっとした日除《ひよ》けと雨宿りの役目は果たせそうである。

「椅子が並んでいるが、休憩のための場所か？」

「水風呂で身体を引き締めたあとは、ここで心を解きほぐすのだ。外気浴は心身を整える」

獣頭の男はふたつ並びに空いている木製のカウチを見つけると、そこに腰を下ろした。足を伸ばして寝そべり、腹の上で腕を組むと、そのまま目を閉じてしまう。

等間隔に並んだカウチは大小様々で、ここにあるものは巨軀《きよく》の獣人客のために一際大きく、かつ頑丈に作られているものであるようだった。ミトロフも隣に座ってみるが、まるでベッドに寝転ぶような感覚だった。

「……これは、どう楽しむものなんだ？」

「考えるな。感じろ」

簡潔な返事に、ミトロフは戸惑う。とりあえず、獣頭の男の真似《まね》をして足を伸ばし、ぽっちゃりと膨らんだ腹の上で手を組んでみた。

ここで何をしたらいいんだ、と疑念を抱きながらも目を閉じる。視界を閉じると、音がよく聞こえる。

浴場の方では絶えず水音が聞こえる。洗面用の木桶《きおけ》が転がり、男たちの笑い声の反響、駆け回る子どもを叱る父。人々の生活を感じる。

やがて意識は自分の身体に向かう。水風呂で冷えた肌に熱が戻ってきている。身体の中心に一本の軸があって、そこに赤い熱が溜まっているようである。

さあぁ、と風が吹いた。頭上の葉がこすれて鳴り、夜の気配を含んだ目に見えぬ風が肌を撫《な》でて通り過ぎていく瞬間の、その爽やかなこと！

熱した身体と、冷えた肌と、そこに吹き付ける風と。

ミトロフは背筋がぞくぞくした。首筋からこめかみまでが痺れるような解放感があった。悩みやストレス、未来への不安と過去への後悔。日ごろに抱えている問題の全てが、いっぺんに解き放たれたようだった。

「分かるか」と獣頭の男は訊《き》いた。

「分かる……」とミトロフは答えた。

「感じているか」と獣頭の男は訊いた。

「感じている……」とミトロフは答えた。

「これが、〝整う〟ということだ」

そうなのか、とミトロフは感嘆した。

風呂というのが、ここまで奥深いものだったとは。

湯に浸かるだけではなかった。熱した身体を水で冷まし、風を感じる。そのとき、人は内省する。散らかった部屋を片付けるように、乱れた思考と心が整理されるようである。

「風呂は、素晴らしいな」

「そうだとも。風呂とは哲学だ」

獣頭の男が言っている意味はよく分からなかったが、ミトロフはとりあえず頷《うなず》いて賛同しておいた。細かいことが気にならないほど、今のミトロフの心には大きな余裕が生まれていた。

〝整う〟……なんて素晴らしい！

第二幕　太っちょ貴族は剣を求める

1

朝起きると、ミトロフは腕の調子を確かめた。迷宮探索を休止する理由となった痛みはほとんどない。これならば迷宮に行っても問題はないのでは、と考えた。

身体《からだ》を休めるという意味で、休日は良いものである。ミトロフの身体からは疲れも抜けている。しかし心が休まるかと言えば別の問題だ。心に移りゆく由無し事を書き留めるよりも、魔物と戦うことに専心しているほうが休まるということもあるらしい。

ミトロフは迷宮探索用の作業着に着替えると、左腕に革のガントレットを着け、刺突剣を剣帯に留めた。ブーツの紐《ひも》を丁寧に結びながら、カヌレを誘うべきかと考えた。

医者には一週間はおとなしくするようにと言われている。

カヌレもそれを支持しているし、彼女は生真面目な性格だ。心配してくれている。ミトロフがもう治ったと言っても、医者の言葉を優先するだろう。

「……少しだけ、身体を動かすだけだ」

虚空に言い訳をするように呟《つぶや》いて、ミトロフは部屋を出た。

深くまで潜るつもりはない。ごく浅い階層を歩いて回る。戦闘も無理はしない。腕の調子を確かめる訓練だ。だったら、カヌレに了承を得る必要もあるまい。

言い訳を並べてみると、自分の行為は悪くないように思えてくる。そうだ、誰にだって運動をする権利はある。ぼくには痩せるための運動も必要だしな、と。

ギルドに向かえば、行き交うのは冒険者ばかりである。そこに自分も所属しているという意識が、ミトロフをほっとさせた。自分の寄る辺はここであるという安心感を覚えている。

迷宮に入るための手続きにカウンターを探せば、いつもの受付嬢がいる。大きな丸眼鏡を鼻先にずらしたまま、受付嬢はミトロフに笑みを浮かべた。

「ミトロフさん、今日はおひとりですか？」

「ああ、浅い階層を歩いてみるつもりなんだ。運動に。あと、腕の調子を確かめようと思って」

知らず、聞かれてもいないのに言い訳じみてしまうのは、カヌレに対するちょっとした罪悪感があるからかもしれなかった。

受付嬢は「はあ」と曖昧な笑みで答えて、ミトロフから冒険者カードを受け取った。

迷宮に入る冒険者は、必ずここで手続きを行う。誰が、何人で、何のために、どの階層に向かうのか。そうしたことを記録している。

「おかえりはどの程度にしましょうか」

「昼過ぎには戻ると思う。腹が減るから」

「かしこまりました」受付嬢はさらさらと書類に書き込む。

「いつも帰りの時間を聞かれるが、過ぎたらどうなるんだ？」

「二十四時間が過ぎてもお戻りにならない場合は、捜索隊を派遣することになっています」

「それは、親切なことだな」

「ええ、まあ」と、受付嬢は苦笑した。含みのある言葉の濁し方にミトロフが首を傾《かし》げると、受付嬢は眉を下げて答える。「迷宮での未帰還ということは、ほとんど亡くなっているということですから。たいていは遺体か、身柄を特定できるものを探すということになります。それでも時には、怪我《けが》をしたまま動けないでいる方もいらっしゃいますから」

「そうか……そうだな。迷宮で動けなくなれば、命は長くないか」

「運よく他の冒険者さんや、〝迷宮の人々〟が見つけてくださればいいのですけれど」

「〝迷宮の人々〟が助けてくれるのか？」

「あまり公にはされていないのですが、冒険者を助けていただいているんですよ。ええと、暗黙の了解と言いますか」

あやふやな言い方になるのは、大人の事情が絡んでいる、ということらしい。

迷宮の人々の長《おさ》であるブラン・マンジェは、冒険者を助けているのか、とミトロフは考える。彼女自身、なにを考え、どんな目的があるのか、ミトロフには判然としない。しかし悪い人間ではない、という気がしている。クエストの対価に〝アンバール〟をもらった恩もある。

機会があればもう少しちゃんと対話をしてみるべきかと思いながら、受付嬢からカードを受け取り、迷宮に潜る。

薄暗い迷宮の中をひとりで歩きながら、ミトロフは新鮮な気持ちを感じていた。思えばこうしてひとりで進むのは、初めてここに踏み込んで以来のことだった。そのときに命の危機を救われて、グラシエとパーティーを組んだ。カヌレを加えて三人となり、グラシエが里に戻ってからはカヌレとふたりになった。

グラシエが戻ってきたいま、孤児院の問題さえ片付けば、また三人でここを歩くと思っていた。それが自然な形である、と。しかしグラシエの姉であるラティエが心配する通り、迷宮とは危険な場所だ。

ミトロフは他に生きる糧を稼ぐ術《すべ》を持たない。カヌレは迷宮の中に呪いを解く手がかりを求めている。だが、グラシエにはもう、迷宮で危険を冒す理由がない。

グラシエのために、ミトロフは貴族の蒐集《しゅうしゅう》家と交渉をした。ふたりで見つけた貴重な迷宮の遺物と交換で得た薬の材料を、そのままグラシエに渡した。ゆえにグラシエはミトロフに借りがあると思っている。では、その借りを返してもらうまでは、一緒に冒険をしようという話運びになるのだろうか。

歩きながら考え、魔物と出会えば思考は平静となる。ミトロフは剣を抜き、魔物を危うげなく倒していく。かつてはあれほどに怯《おび》え、肩に力をこめて必死に戦っていた相手であっても、今となっては落ち着いて対処できる相手である。そこに自分の成長と、時間の流れを感じた。

迷宮を歩いていると、他の冒険者とすれ違う。初心者らしいパーティーが疲れ果てた顔で帰ってくる。火守りの男が、壁に掛かったランタンに油を注ぎ足して回っている。

迷宮の中ではなにかもが単純化されている。

魔物を倒し、歩き、帰る。それだけでいい。

それがミトロフにとっては気楽だった。

ミトロフは階段を降りる。ひとりで魔物と戦っていく。まだいける、まだ大丈夫だ……まだ、まだ、と足を延ばすうちに、ミトロフは地下五階の奥まで進んでいた。

階下に繋《つな》がる階段に向かう道と〝守護者〟の部屋に繋がる道との分岐に立ち、そろそろ折り返すべきかと悩む。よく身体を動かし、気晴らしにもなった。地下六階からは第二層となる。敵の手強《てごわ》さも増し、ひとりで進むには不安が残る。

右腕もまた肘のあたりが熱を持っているようで、ぴりぴりとした痛みの前兆を感じさせた。無理をして痛めては馬鹿らしい。ミトロフはここで戻ろうと決めた。

しかしふと〝守護者〟の部屋に繋がる通路に気を取られた。

迷宮には不思議な法則がいくつかある。そのひとつが五階ごとに存在する〝守護者〟と呼ばれる強力な魔物である。〝守護者〟を倒さずとも階下には進める形式上、冒険者にとっては力試しと箔《はく》付けの様相となっている。

五階の〝守護者〟は〝緋熊《ひぐま》〟と呼ばれる巨体の熊であるらしい。ミトロフはその右腕だけを目にしたことがある。

ミトロフが死闘を繰り広げた〝赤目〟のトロル――魔物でありながら〝昇華〟を得た、変異体とも呼ばれる魔物が〝緋熊〟を討ち倒し、その右腕を奪って武器として振るったのである。奇妙なことに、それ以来〝緋熊〟が現れなくなったという話を、ミトロフは耳にしていた。

ギルドは原因の究明と称して部屋を閉鎖しているが、そもそもなにも分かっていない迷宮のことだ、調べたって分かるもんかと冒険者たちは笑っている。

ミトロフの前にある通路には、その噂《うわさ》の証《あかし》のように、立ち入り禁止を示す立て札が設けられていた。

〝守護者〟がいなくなった部屋に用があるものはいない。まあ、いたとしても行くつもりはないのだが……と、ミトロフは目を細めた。丸っこい耳をぴくぴくと動かし、それが幻聴ではないのか確かめるために呼吸を止めた。

「――歌、か？」

通路の奥から微《かす》かに残響している。冬の季節に木戸の隙間風がそう聞こえることがあるように、不明瞭で不安定で、しかし旋律になっている。

気のせいだろうか。だがやけに気になるのはなぜだろう、とミトロフはうなじに手を当てた。襟足から襟首の間がぴりぴりと痺《しび》れる。

勘、というものを、ミトロフはあまり信じていない。

悪いことは唐突に起きるものだし、良いことはそうそう起きないものだ。それを事前に察知するというのは偶然でしかない。一日に百回でも、悪い予感がする、と言っておけば、そのうちに当たるものだ。

だが今ばかりは奇妙なほどの実感を持って、〝悪い予感〟が後ろ首を撫《な》でている。

いや、気にするまい、とミトロフは首を横に振った。なにもいないはずの部屋から歌が聞こえるなど、酔っ払いの戯言《たわごと》のようだ。

来た道を引き返して数歩を歩き、そこで立ち止まった。

「……確かめにいくだけだ。どうせなにもいない」

それは立入禁止区域に入ることへの罪悪感ではなく、自分へ言い聞かせるものだ。

ミトロフは足早に〝守護者〟の部屋へ向かう通路に足を進めた。右手は柄《つか》に添えたまま、闇の中に誰かが潜んでいないか、静かに確かめる。

火守りもここには入らないらしい。壁掛けのランタンに火は入っていない。どんどん暗闇が深くなり、ミトロフは足を止め、背荷物から持ち歩き用のランタンを取り出し、明かりを灯《とも》した。

眼前に掲げながら進んでいくほどに、幻聴ではなかったと分かる。今ではもう、はっきりと歌が聞こえていた。

とある海にはセイレーンと呼ばれる精霊がいるという。人魚とも称される女性の姿をしたセイレーンは、美しい歌声で船乗りたちを惑わせる。

しかし今、ミトロフが耳にしているのは、聞くに堪えない歌声だった。旋律は不調子で音量の安定もなく、金属が擦《こす》れ合うような不快な響きをしている。耳から入り込んだそれはミトロフの背中に氷の棘《とげ》を流し込むようで、どうしてか寒気が込み上げている。それでも、これは歌なのだ。

通路の先にはささやかな広間と、無骨な両開きの扉があった。人の気配はなく、まるで廃墟《はいきょ》のように忘れ去られた空気に満ちている。

ここで引き返して、ギルドに報告をするのが正しい判断だろうかと考えながらも、それでも扉に手を当ててしまったのは、ひとつの好奇心に唆されたからと言える。

扉の向こうに何かが、あるいは誰かがいる。それがいったい何なのか……怖いもの見たさがミトロフを突き動かしている。

扉を押した。見た目は重たげな石の扉のように思えるが、体重を預けるようにして押し進めば、ざりざりと地面を擦りながら隙間ができた。歌声がぴたりと止まった。

ミトロフも一度、動きを止めた。わずかな迷いの後に扉をさらに押し込み、ランタンを差し込みながら室内を覗《のぞ》いた。

光も差し込まない守護者の部屋には静けさと暗闇だけが満ちていた。

ミトロフの首から背筋までがぴりぴりと痺れている。何かがいる、そんな気がした。

戻るべきだ、と平静な精神が伝えている。それでもミトロフは中に進んでいく。

ランタンを掲げ、その場でぐるりと回る。部屋を照らすにはあまりにか弱いランタンでは、守護者の部屋全体を確かめることも難しい。

ミトロフは動きを止めた。何かが動く物音がしないかと、息を潜めた。頬に汗がひとしずく、流れ落ちる。

歌声は消えている。なにもいない。ふう、と息を吐く。

「直感というのもあまり当てにならないか」

帰ろうと踵《きびす》を返して、ミトロフは肩を跳ね上げた。

誰もいなかったはずの場所に異形の老婆が立っていた。

2

ミトロフが思わず一歩後ろに下がったのは、その姿があまりに異様だったからである。

背は直角にまで折れ曲がり、右手に鞘《さや》に収まった剣を、左手には青い炎の灯るランタンを握っている。色の抜けた白と汚れた黒の交ざり合った長髪はもつれ、地面の上で蛇のようにトグロを巻いていた。

顔のあるべき場所には山羊《やぎ》の頭骨がある。被《かぶ》っているのではなく、顔そのものが山羊の骨であり、眼窩《がんか》は黒塗りとなっている。

全身は黒い骸布に包まれ、金と銀の装飾具を巻き付けている。見た目ばかりの異様さだけでなく、禍々《まがまが》しい瘴気《しょうき》が漂うかのような、底知れぬ威圧感を抱かせる。

ミトロフは声を失っていた。

人、と呼ぶにはあまりに異常だった。しかし魔物と呼ぶには、あまりに〝人〟に似ていた。

「あなたは、〝迷宮の人々〟か？」誰何《すいか》するミトロフの声は掠《かす》れていた。

山羊頭の老婆はなにも答えなかった。わずかに首を横に傾げた。右へ、左へ。カクカクと頭を揺らしながら、暗い眼窩はミトロフを観察するようであった。

カチカチカチ、と音が鳴る。

老婆の爪が剣鞘を弾《はじ》いている。肉は無く、骨に薄い皮膚を張り付けただけのその指は、生者の色をしていない。長く伸びた黄色い爪がぴたと止まった。

――歌声。

金属が擦れるように。嵐の夜に雨と空気が砕けるように。獣の筋を撚《よ》り合わせた弦が弾かれるように。これまでに聞いたこともなく、あまりにおぞましい――。

頭骨の顎が開いている。そこから響く振動は、疑いようもなく音を奏でていた。

山羊の頭骨がカタカタと鳴り、その口からは地の底を震わす音楽が響き……こんな存在が味方であるわけもないと、ミトロフは刺突剣を抜いた。身を守る武器を手にすることで、心はいくらか落ち着きを取り戻す。

同時に、次の問題が首をもたげた。

戦って、勝てる相手か？　逃げられるのか？

巨軀《きょく》ではない。鉄剣で打てば倒れそうに心許《こころもと》ない体格をしている。しかしその禍々しさは、ミトロフに足踏みをさせるのに十分だった。

首を傾げる山羊頭はすでに地面と水平になっていた。真横まで傾げ、反対側にまた傾げ、ゆっくりと正面に立ち戻ったとき、老婆は風を払うように右手の剣を振った。

閃光《せんこう》。

避《よ》けられたのは、一瞬で切り替わった意識のためだった。昇華によって強化されたそれは、時に脊椎の反射よりも早く肉体を動かす。野生の獣のように鋭敏な危機への嗅覚を持つ。

右膝をたたむようにしゃがみ込んだ。衝撃と突風が抜けていった。背後で、壁に何かが叩《たた》きつけられる音がした。

ぱりぱりと音がする。ミトロフは自分の肩を見た。服が焦げている。棘の鋭い荊《いばら》のような光が瞬いて消えた。

「――雷か？」

呆然《ぼうぜん》と呟く。肩が痺れている。老婆を見る。剣を掲げたまま、首を左右に傾けている。

それは魔法か、魔物の使う魔術か、あるいはあの剣の力か。老婆は今、嵐の天に瞬く稲妻を再現して見せた。

ミトロフの思考は冷静に回転する。動揺を抑え込みながら立ち上がり、身構える。明白なことがひとつ。アレは敵に間違いない。ならば、戦うしかない。

左肩が不意に痙攣《けいれん》した。意思と関係なく動くのは呪いだろうか、とミトロフは考えている。

恐る恐ると拳や腕に何度か力をこめていると、痙攣は治った。かすっただけでも影響が出るのなら、直撃したら死ぬかもしれない。そうして自分の死を冷静に考える自分に、ミトロフは少しだけ驚く。

自分は今、死を前にしている。

その恐ろしさを前に震え上がるよりも先に、山羊頭の老婆は再び剣を掲げた。鞘を握り、振るうのではなく頭上に持ち上げただけである。

ミトロフは眉を顰《ひそ》め、瞬時に察した――落雷。

横っ飛びに転がると同時に、閃光が地面を砕いた。衝撃、光、そして音。受け身も取れずに無様に転がり、しかし蓄えた脂肪のおかげで衝撃は吸収できる。

手をついてすぐさま立ち上がろうとして、右足に力が入らない。見れば膝から先に光の荊が瞬いた。

くそ、と悪態をついて右足を叩く。ばちっ、と手に痺れと痛みが響いて、咄嗟《とっさ》に手を引っ込めた。痙攣する足には力が入らず、そこだけが死体のように脱力していた。

左足だけで立ち上がるが、自分の身体があまりに重い。

痩せておけばよかった、と場違いな感想を抱きながら、ミトロフは刺突剣を杖《つえ》にして体勢を維持した。

山羊頭の老婆は追撃をしてこない。頭骨を左右に傾けながら、手にした剣を眺めている。それは初めて外出した世界を確かめる赤子のようであったが、異形の風貌に宿った無垢《むく》な振る舞いに、ミトロフはおぞましさを感じた。

右足を地面に押し付け、感覚が戻ってきたことを確かめる。杖にしていた剣を構え、深呼吸をして、ミトロフは駆け出した。

老婆は山羊頭の眼窩をミトロフに向ける。黄ばんだ歯列の奥からは軋《きし》んだ音が響き続けている。それは声なのか、歌なのか――剣鞘が揺すられ、ばち、と空中で光が弾ける。光の荊が見えた。

――どう避ける？

ステップを刻んで左前方に踏み込んだ。荊は不規則な節を刻みながらミトロフに向かい、直前で折れ曲がった。ミトロフの身体を避けた。その手に握った刺突剣に噛《か》み付いた。空気が破裂する音に遅れて、手の中で火が爆《は》ぜたような熱。

精神は剣を握っているべきだと言った。武器を手放すことは死に繋がる。

だが肉体は強固な精神の命令に背いて剣を離した。これまでに経験したことのない衝撃と熱に、握っていることが目先の危険だと判断した。

手元で起きた衝撃波にたたらを踏みながら、ミトロフは自分の手元を見やった。空中に浮かぶ刺突剣には荊が絡みついている。握っていた手の平に広がる枝のような火傷《やけど》の筋——雷は熱を持っているのか？

ミトロフは場違いにも新たな発見をした学者のように目を丸くした。

思考に精神が介入し、引き延ばされた一瞬の中で、ミトロフは体勢を整える。

山羊頭の老婆はすぐそこだが、自分は武器を手放している——いや、銀の騎士より譲り受けた短剣がある。

ミトロフは腰元から短剣を抜き払った。

体当たりのように体重をのせて短剣を突く。剣先は黒の襤褸切《ぼろき》れに吸い込まれ、そして、腕ごと突き抜けた。

吐息が漏れた。戸惑い、拍子抜け、困惑し、体重をのせた勢いは止まらずに、ミトロフは背筋が凍えるような冷たい空気の膜をすり抜けて、地面に転がった。

受け身を取りながら慌てて起き上がる。振り返る。襤褸の外套《がいとう》が揺れている。身体があるはずの場所にはなにも入っていないのだ。

青白いランタンの灯《あか》りを揺らしながら、山羊頭の老婆は振り返る。頭骨が右に傾きながら、じっとりとした視線を向けられているのを、ミトロフは感じる。

「これは……面白い。いや、面白がってる場合ではないんだが」

昇華によって精神力が強化されて以来、自分の思考が分裂したように感じることがある。ひどく動揺している自分と、冷静に現実を分析している自分。どちらもが自分ではあるが、どちらが本当の自分か悩むような奇妙な感覚。

これまでの迷宮で出会ってきた魔物とは異形の存在。攻撃も通用しない。そのことに怯え、泣き叫び、今すぐにでも逃げ出そうと考える自分がいる。

——身体がないのに形取っている存在。ならばおそらくは魔法という原理で成り立っている。あれは〝魔法使い〟に分類されるはずだ。雷を象《かたど》った魔法を使う魔物だ。身体がダメなら、あの頭骨はどうだ？　見るからに狙いやすいぞ——

その自分を抑え込み、感情を切り離し、目の前の異形を分析する自分は、果たして昇華によって得られた〝強いミトロフ〟なのか？

分からない。だが生き残るためにはその思考が必要だ。

ミトロフはゆっくりと呼吸を繰り返し、喚《わめ》き立てる自分を心の奥に押し込んだ。一瞬、目を扉に送る。左側にある。一目散に走っても、山羊頭の放つ雷の方が速かろう……。

ミトロフはあまりに頼りない一本の短剣を手に身構えた。まずは雷撃を避けねばなるまい。それも、完璧に。かするだけで手足は痺れる。

できるのか？　と自分が訊《たず》ねる。できなきゃ死ぬだけだ。と自分が答えた。

山羊頭が震え、その歌がひときわに大きく響いた。干《ひ》涸《から》びた指で握りしめた剣を杖のように掲げた。

ミトロフが身構えた瞬間、横合いから山羊頭に炎の刃《やいば》が襲いかかった。山羊頭は鞘を掲げるようにして生み出した雷をぶつけて相殺すると、首をカタカタと震わせる。

闇の中で人影が走る。真《ま》っ直《す》ぐにミトロフに駆け寄るとその手を摑《つか》み、ミトロフの呼びかけを無視して引っ張った。思いもかけず強い力に、ミトロフは転《こ》けるのを必死で堪《こら》えるために足を出し、そのまま走る。

背後で空気が破裂する音。

「雷がくる！」

ミトロフの叫びに、手を引いて走る人影——ブラン・マンジェは振り返った。ミトロフの腕をぐんと引っ張って立ち位置を入れ替える。ミトロフはつんのめるような形で扉を抜ける。

「ご心配なく」

ブラン・マンジェは背から倒れるように中空を仰いだ。生じた雷が荊を広げるその光景に、手にした剣を振るった。

生まれた魔力の炎は雷と絡み合う。

炎の壁を突き抜けた雷がブラン・マンジェの剣に絡み付いたが、ブラン・マンジェは堪えた悲鳴を漏らしただけだった。倒れ込む寸前に転回し、ミトロフの背に続いて扉を出た。

「扉を！」

ブラン・マンジェの指示に、起き上がっていたミトロフが扉に手をかけ、渾身《こんしん》の力で閉じた。

「……とりあえず閉めたが、意味はあるのか？」

「〝守護者の部屋〟は牢獄《ろうごく》のようなものです。閉じてしまえば出てこられません」

ブラン・マンジェの声に、ミトロフは息を吐いた。扉に背を預け、ずり下がるように座り込んだ。

目の前には若草色のローブに全身を包んだブラン・マンジェがいる。手が隠されているために、長い裾から細身の剣が飛び出して見える。その裾先は黒く焦げて煙を上げていた。

「助かった。ありがとう。その、腕は大丈夫か？」

「……はい、問題なく」

ブラン・マンジェは剣をローブの陰に隠すようにあった鞘に収めると、しゃがみこんでミトロフと視線の高さを合わせた。

「ミトロフさんこそ、ご無事ですね？　お怪我は？」

「掠ったくらいだ。アレは、何なんだ？　魔物か？　守護者？」

ブラン・マンジェは悩ましげに唸《うな》ったが、やがて諦めたように首を振った。

「あれは〝守護者〟ではありません。古《いにしえ》の災い、憂いと苦患を宿す者――〝魔族〟と呼ばれる存在です」

「そうか、魔族か」

ミトロフはすっかり頷《うなず》いた。戸惑ったのはブラン・マンジェの方である。

「あの、信用なさるのですか？　魔族ですよ？」

「宗教学で習ったな。地獄に住まう者たちだろう？　人間を堕落させる悪の顕在、神の敵……迷宮にはよくいるのか？」

「いえ、よくはいないのですが……」と、ブラン・マンジェは言葉に詰まった。

普通であれば嗤《わら》うなり、もっとまともなことを言えと怒鳴るような話なのであるが、ミトロフの世間知らずが功を奏した。知識はあっても、迷宮の常識、世間の常識から縁の遠い部分がある。ゆえに迷宮には〝魔族〟がいると聞かされても、そういうものだったのか、と受け入れる柔軟さに繋がっている。

「どんな呼び名にしろ、アレは恐ろしいものだった」背を預けた扉越しに、ミトロフは恐怖を思い出している。異形さ、生命の希薄さと異常な存在感。「この世の理《ことわり》から外れた存在なのだと言われた方が納得ができる。ああ、いや、それより」とミトロフは立ち上がり、固く閉ざされた〝守護者の部屋〟と、ブラン・マンジェの顔を交互に見比べた。

「……ぼくの剣が、中に置きっぱなしなんだが」

ブラン・マンジェはきょとんと目を丸くすると、呆《あき》れた様子でため息をついた。首を左右に振って、

「諦めなさい」と、幼子に言い聞かせるように言った。

3

ミトロフはブラン・マンジェと連れ立って地下六階へ降りた。〝守護者の部屋〟は地下五階の最奥部にあり、道を過ぎればすぐに階段がある。降《くだ》れば休憩部屋が設置されており、そこには多くの冒険者たちがいる。

全身をローブで包むブラン・マンジェの姿は目立つものだ。彼女の存在を知っている者もいる。しかしミトロフの姿ばかりを見慣れた冒険者も少なからずいて、彼がいつも連れ立っているカヌレは黒のローブで全身を隠している。

そのローブの色が変わったのかと思う程度で、注目されることもない。そもそも冒険者はあまり干渉的ではない。

ふたりはできるだけ周囲から離れた場所を選んだ。ミトロフはどっかりと腰を落とし、ブラン・マンジェはたおやかに裾をはらって、ちょこんと膝をついた。

「……まずは礼を言う。命を助けられた。また借りができてしまった」

頭を下げるミトロフに、ブラン・マンジェは首を左右に振った。

「命があってよろしいことでした。あの部屋は今、封鎖されております。しばらく近づかぬほうがいいですよ」

「歌が聞こえたから、つい気になってな」

「歌、ですか？」

「ああ、歌っていただろう？」

ミトロフは当然のように訊ねるが、ブラン・マンジェはどこか戸惑ったようだった。言外の反応を察することはミトロフの得意とするものである。

「きみには聞こえないのか？」

「歌というのは、これまでに聞いたことがありません」

幻聴か、とミトロフは自分を疑った。だが今でも耳にこびりついているあの音色は、決して夢や幻ではない。

「待ってくれ、きみはこれまでにもあいつと会ったことがあるのか？」

「あの魔族は初見です」

「他の魔族はある、と？」

ブラン・マンジェは肩をすくめて返事とした。言うまでもないことだ、と。

「迷宮には魔族が現れるのか。それも、頻繁に？」

「頻繁というほどではありません。ですが、そうですね、いるものですよ、魔族くらい」

聖書で語られる幻想の存在が、屋根裏に潜むネズミのような扱いである。ミトロフは喉の奥で唸り、腕を組んだ。

「あれは、倒せるのか」

「可能です」

「きみは魔族を倒しているのか」

「何度か」

「それがきみの役目なのか」

「詳細は秘密です」

ミトロフはブラン・マンジェの腰元に目をやった。そこには剣がある。ミトロフを救ったあの炎の刃は記憶に新しい。

「きみは強いだろう」

「さあ、どうでしょうか」

「あの力は、魔法剣か、あるいは」

思い出されるのは噂話だ。情報屋を名乗る男が語って聞かせた、水晶蜥蜴《とかげ》を両断したという魔剣使いの話。まさか、とミトロフはブラン・マンジェを見る。

「き、きみが魔剣使いか！」

驚愕《きょうがく》と興奮によって、ミトロフの鼻息は荒い。そこには魔剣という伝説に憧れる少年心が含まれている。しかしブラン・マンジェは至って冷静に、身を乗り出したミトロフから距離を置いて、すんとした声で「なんですか、それは」と答えた。

「いや、噂があってだな……魔剣使いが迷宮にいると……」

「そんなもの年がら年中ありますよ。数十年以上続いているありきたりなものです」

「えっ」

「……そこまで悲しげな表情をしなくとも」

魔剣使いはいないし、魔剣もないということか、とミトロフは肩を落とした。いや、でも、そうだよな、誰だって魔剣に憧れるのだ。そりゃひっきりなしに噂もあるだろう。

「ぼくだって本当はわかっていたさ……でも期待してしまうんだ。男だからな」

「……そうですか」呆れた声である。

「魔剣は……諦めよう。だが、ぼくの剣は諦められない」

愛剣を部屋に置いてきてしまった今となっては、こちらの方が重要な問題である。思い入れもあるし、武器がなければ迷宮にも潜れない。

「……少々、お待ちください。討伐に成功すれば、お返しできるかと思います」

「またあれと戦うのか？」

「その予定です。放置しておくとまずいものですので」

「ぼくも協力しよう」

とミトロフは背筋を伸ばした。胸を張った宣言は堂々としたものである。戦いを女性に任せ、自分は安全な場で待っているだけというのは、貴族として培った価値観に反するものである。

「手ぶらで戦うおつもりですか？」

「あっ」

ミトロフの腰には空の鞘だけがある。短剣一本で戦えるわけもなく、ミトロフはいま、無力と言って間違いない。魔物が闊歩《かっぽ》する迷宮の中で、武具がないという事実はひどく心細い。

「帰りもお送りいたしましょう」

ミトロフはブラン・マンジェの提案に甘えるしかなかったのである。

4

やはり風呂はいい。どんな悩みがあっても、疲れていても、風呂に入ればすべては泡沫《うたかた》のように消えていく……のであれば、どれほど良かったか。

ブラン・マンジェに護衛される形で——あるいはミトロフが剣を取りに行かないかを監視するように——迷宮を出て、ミトロフは他に行き場も思いつかず、まだ日も高いうちから大浴場へとやってきた。

腕を痛めたことによる退屈を持て余して迷宮に行った。結果は散々である。〝魔族〟に遭遇して大切な剣を置き去りにし、雷撃を受けた手足も今になって痛み出してきた。

こうして風呂に浸《つ》かりながらしみじみと振り返れば、ブラン・マンジェがいなければ自分はあのまま死んでいたかもしれない。

気分が一新するかと期待して大浴場に来てはみたが、ミトロフのわだかまりはお湯に溶け出すでもなく、重苦しい塊のままである。

どれほど湯に浸かっていただろう。のぼせそうになれば縁に腰掛けて上半身を冷ましていたが、何度も繰り返せばどうにも身体は茹《ゆ》だったままである。

ミトロフは湯を出て、水風呂に向かった。目隠しで囲われただけの露天場には、中よりもずっと人は少ない。街の外から水路で引いた水は雪解け水のように冷たく、水風呂に長く浸かる物好きはそうそういない。誰もがさっと水を浴びる程度で中に戻っていく。

そんな中でひとり、巨大な影が水風呂の中心に居座っている。腕を組み、目を閉じている姿はさながら修行のようにも思える。

ミトロフは桶《おけ》で水を取り、身体の端にそっとかけた。肌も赤くなるほどに温まっていても、すくむほどに冷たい。それでも何度か繰り返すと冷たさに慣れ、かえって身体の芯が熱を発してきたようである。

ふと、あの山羊頭の老婆のことが思い出された。その想像を払い落とすために、頭から水を被った。ミトロフはぐっと息を詰めて、ひと思いに肩まで水風呂に入った。辛《つら》いのは最初だけで、すっかり浸かってしまえば不思議と楽になる。

「今日はまた、堂に入った浸かり方だな」

獣頭の大男は、片目を開いて言った。唇を吊《つ》り上げているのは笑っているのに違いないが、見事な牙が見えているので、威嚇する猛獣のようにも見える。

「だいぶ長風呂をした。身体が熱をもってる」

意図せず、ミトロフの返事が愛想ないものになった。

獣頭の大男は片眉をあげた。男が、特に冒険者がそうした態度を取るときは、決まって迷宮で失敗をやった時だと経験から知っていた。

「強敵とでもやったか。怪我はないようだが」

ミトロフはむぐ、と喉を鳴らした。自分の態度がそれほど分かりやすかっただろうかと顔の筋肉を揉《も》む。

情けなさを見抜かれたようで気まずい思いがある。だが自分の中に溜《た》め込んでいたものを解放できる機会ではないかと、口は勝手に開いていた。

「……あなたは、見るからに強者だ。負けたこともないのだろうな」ミトロフはぼやくように言う。

「ぼくは今日、手ひどく負けた。そのことが、やけに苦しい。ずっと負け続けてきた人生なんだから、これが普通なんだろうが……運よく何度か勝ちを拾って、それで調子に乗っていたのかもしれない」

ミトロフは水面に視線を落とした。陽光が照り返している。やけに眩《まぶ》しい。

獣頭の大男は返事をしない。間に広がる沈黙がやけに重苦しく思えて、ミトロフは考えもせずに言葉を繋いだ。

「ぼくは、勝てるだろうと甘く思う気持ちがあったのかもしれない。何が出たって、ぼくはやれるぞ、証明できる、ぼくは強い、才能がある、どんな相手とだって……」

言葉はやがて尻すぼみになって、ミトロフは下唇を噛んだ。

ひとり、老人がやってきた。水風呂の縁にしゃがむと、桶で水を掬《すく》い、頭から被る。ひゃあ、と叫び、身体をばちばちと叩いて立ち上がると、また戻っていく。背を見送った獣頭の大男は、ぐる、と喉を鳴らした。

「お前は幸運だ」

「……生き残ったからか？」

「そうとも。迷宮の中で負けた人間は死ぬ。後悔も反省もする機会は与えられない。だがお前は水風呂に入り、己の弱さを嘆き、自分の惨めさを眺めて悦に入ることができる。運が良い」

「ずいぶんな皮肉だ。ぼくが愚かだとでも言うのか」

「お前は畑を見ている」

「なんの話だ？」

「それはお前だけの畑だ。お前以外の誰も手入れはしない。その畑を前に座り込み、なにも収穫がないと嘆いている。そもそも、お前はそこに種を蒔《ま》いたか？」

「…………」

「種がなく、世話もせず、実りだけを得ようとしても、そこには何もない。それでもお前は生き残った。幸運だ」

「…………」

「俺に負けたことがないかと訊《き》いたな。あるとも。数えきれぬほど負けた。その数だけ種を蒔いた。だから今もここにいる。幸運の女神を思い通りにはできまい。だが、己の畑を管理することはできる。お前の畑はどうだ？」

獣頭の大男は立ち上がった。波がミトロフを揺らがせた。ざぶざぶと水を割って、男は去っていった。

種を蒔く。ぼくは、種を蒔いただろうか。

ミトロフは水面を見下ろし、首を上げた。空はまだ明るいが端になるにつれて色合いが濃くなっている。夕暮れの気配を感じさせた。

獣頭の大男の体軀《たいく》にはいくつもの傷があった。何事にも動じない立ち居振る舞いを見ればその実力も予想はつく。あれほどの強者とて、数えきれないほど負けたのか。

ふと記憶が呼び起こされる。卓越した盾の使い手であるカヌレもまた、兄である銀騎士に一度も勝てたことがないと言っていた。

強い者は、負けている。その奇妙な仕組みの一端を、ミトロフは垣間見《かいまみ》たような気がしている。

負けたと落ち込む自分の姿を空から見下ろせばどうだろう。あまりにちっぽけで、たしかに愚かだ。

負けて当然じゃないか。ぼくは種を蒔いていない。

どこかで受け入れられずにいた気持ちが、すっと染みた。貴族として育ち、怠惰に過ごし、覚悟も努力もない自分が、ここまで生きてこられたのは、ただ、運が良かったからだ。出会いに恵まれ、助けられてきたからだ。

それをいつの間にか、自分の力だと過信していた。

——ぼくは、弱い。

それでいい、とミトロフは頷いた。

これまでずっと、その事実を認めずに生きていた。他者と比べれば己の劣っている姿を直視せざるを得ない。だから部屋に籠り、都合の良い言い訳を探し、自分は悪くないのだと言い聞かせていた。

生まれが悪い、環境が悪い、父が悪い、自分を認めないこの世界が悪い……。

「ぼくは運が良い」

生き残った。仲間がいる。反省し、後悔し、やり直すことができる。ずいぶんと出遅れてしまったな、とミトロフは思う。

それでも、今からでも、種を蒔こうと。そう思うのは、悔しいからだ。負けたことが、悔しい。自分の力が届かなかったことが、悔しい。

悔しいと思えることが、その感情が自分の中にまだあったことが、嬉《うれ》しい。

「ぼくは、強くなる」

自分がどうしたいのか、わからないままに生きていた。しかし今、自分の中にひとつの芯が生まれつつあるのを知った。

ミトロフは勢いよく立ち上がった。ふと風が吹いて、ミトロフの肌に浮かぶ水滴を残らず撫でていった。急激に寒気が込み上げて、ミトロフは盛大にくしゃみをした。

5

大浴場からの帰りがけに、ミトロフはカヌレの泊まる宿へ向かった。カヌレの宿は裏通りにあり、治安は良いものではない。後ろ暗いところのある人間にも寝る場所は必要で、金さえ払えば誰でも歓迎する宿屋というのはそういう場所に連なっている。

カヌレの性根には何の問題もなくとも、その姿形は魔物と見紛《みまが》うものである。待遇や環境が悪くとも、目立つ場所にある宿に泊まるよりは気が休まる面もあるらしかった。

すでに何度も訪ねているミトロフは、慣れた態度で扉を開けた。受付台に座る中年の男がひとり、蠟燭《ろうそく》を頼りに小刀で爪の手入れをしていた。訪問客がミトロフだと見ると、顎をしゃくって上を示した。ろくに会話もしたことはないが、顔を覚えてくれたらしい。

ミトロフは会釈をして、階段を上がる。ミトロフの体重のために、一段ごとに悲鳴のような軋みが鳴った。

二階の通路はさらに薄暗く、窓はあるのにすべてに鎧戸《よろいど》が塞がっている。隙間から漏れ出た光が細長い長方形になっており、そのささやかな明るさがかろうじて並んだ扉を照らしていた。

ミトロフが行き着く前に、カヌレが部屋から出てきた。

「ぐ、偶然だな」

「いえ、ミトロフさまだとわかりました」

「……？　どうしてだ？」

「足音が」

「あの階段の軋みか。底が抜けやしないかと不安になる」

唇を尖《とが》らせたミトロフに、カヌレはくすくすと笑う。

「急に訪ねて申し訳なかった。時間は大丈夫だろうか？」

「はい。なにかございましたか？」

切り出してはみたものの、ミトロフは未《いま》だに悩んでいる。痛めた右腕のために大人しく節制するようにと言いつけられているのに、ひとりで迷宮に行ったと打ち明ければ、怒られるに違いない。

ミトロフは何度か口を開いてはみるものの、どうしても言葉が出ないでいた。

幼いころは母やばあやによく叱られたものだが、ふたりともがいなくなって以来、ミトロフは誰かに謝った記憶がない。怒られるとか、叱られるという経験があまりに少ないために、どう振舞えばいいのかが分からなかった。

「……あ、ぐ、こ、これから、グラシエの様子を見に行こうと思うのだが、カヌレの予定を聞いておきたくてな」

咄嗟に、話題を逸《そ》らすような言葉が出てきた。言ってすぐに、ミトロフは自分の意志の弱さを罵った。

「それは良いですね。わたしも時間は空いておりますので、ぜひご一緒に」

快い返事をしたカヌレに、今さらそれは違うのだとも言い出せず、ふたりは連れ立って階段を降りる。受付の男は目も向けず、爪の削り具合を指で確かめている。

外に出て通りを進みながら、ミトロフは沈黙の気まずさを恐れてカヌレに声をかけた。

「あの宿の居心地は、あまり良くないだろう？」

「たしかに、良いとは言えませんね」カヌレは苦笑した。「ですが、どなたも互いに無関心と言いますか、不干渉なので、その点では気楽です」

「騒音だとか、騒ぎはないのか？」

「普段は本当に宿泊客がいるのかもわからないほど静かなんです。ただ、時たま、夜に騒動があったりもしますね。一度、官憲が扉を蹴破って乗り込んだこともあったようです」

「……静かなのは羨ましいが、ぼくは安心して眠れそうにないな。きみは肝が据わっている」

「ミトロフさまの宿はギルドと提携しているのでしたよね」

「ああ。おかげで犯罪者はいないだろうが、入れ替わりも激しいし、とにかく騒々しい。先週は上の階で打ち上げをやっていたようでな、すごい喧《やかま》しさだった。初めての探索がうまくいったのはめでたいが……他の冒険者が怒鳴り込んだらしくて、あとはもう、朝まで喧嘩《けんか》騒ぎだったよ」

「それは大変でございましたね」カヌレはくすくすと笑う。

ミトロフは自分の話を他人に聞かせることに慣れていない。カヌレの表情は見えずとも、カヌレが自分の話で笑い、楽しんでくれていることに嬉しさを感じた。同時に、彼女に隠し事をして、それを打ち明けられずにいる自分にひどく罪悪感を覚える。

ふたりは裏路地から大通りに出ると、グラシエが逗留《とうりゅう》している孤児院を目指して進む。裏通りはあまりに入り組んでおり、慣れない者には迷宮に思える。ミトロフとカヌレも土地勘に乏しいために、遠回りと分かっていても、一度は大通りを経由する必要があった。

見覚えのある通りから裏通りに入り、記憶を頼りに道を曲がっていく。ミトロフが道の選択に悩むたびに、カヌレが正しい道を教えてくれた。ずいぶんと物覚えの良いことだ、とミトロフは感心したほどである。

ようやく孤児院が見えた。低い尖塔《せんとう》があり、老朽しながらも教会の威厳を保っている。近づいていくと子どもたちの歌声が聞こえてきた。調律のズレたチェンバロが伴奏を務めているが、子どもたちの楽しげな声までが乱れるわけもない。思い思いの歌声で、音階など気にした様子もなく、心のままに歌っているようである。

教会を囲う塀の、壊れかけた門柱の前に男がしゃがんでいることに、ミトロフは気づいた。門柱に背を預け、口には煙草《たばこ》を咥《くわ》えている。

ミトロフとカヌレが近づいても、男はどうという反応もしなかった。たゆたう紫煙をぼんやりと眺めている。

「今日はひとりで来たのか？」

昨日、この教会にやってきた男である。体格の良い獣人に「兄ィ」と呼ばれていたのを、ミトロフは覚えていた。

小柄な男は気怠《けだる》げにミトロフに視線を向けた。垂れた目尻に、まぶたは厚ぼったい。眠たげな印象を感じさせるのだが、見据えられると一歩下がりたくなるような威厳がある。

「おれは、この歌が嫌いでね」

ふう、とため息のように煙を吐き出して、男が言った。風に運ばれたその煙がミトロフの鼻を撫でた。木が燻《くすぶ》るような独特の香りがする。

「貧しき者も救われる、信仰すれば報われる、人には親切にしましょう、神が見守っています……

聴いてると飽き飽きしてくる」

「あなたは信仰を持っていないのか」

「いいや、敬虔《けいけん》な信徒さ。金と権力に祈りを捧《ささ》げてる」

「それは……信仰、なのか？」

ミトロフの戸惑いがちな声に、男は小さく笑った。

「貧しき人々って話を読んだことはあるか？　貧相な初老の書記官と、貧しい若娘が手紙をやりとりするって話だが。明日を生きる金にも悩みながら、互いを思いやる良い話だ。けどな、段々と男は生活が荒れていく。女に入れ込んで借金してまで物を買い与え、自分の破れた靴を買い替える金もなくなり、周りから馬鹿にされ、酒に溺れ……それでも女に金を無心される」

「……そうまでして、なぜ男は金を貸すんだ」

「他に何もないからさ。金がなくとも心は豊かだって？　そんなものは貧者の負け惜しみだろ？　心なんぞ形には見えない、だから物をやる、金を贈る。それ以外に心を伝える方法を知らねえんだよ。心が貧しいやつほど目に見えないものに頼る」

「その男と女は、最後はどうなるんだ？」

「女は金持ちと結婚しちまう。貧しさから逃れるために愛のない結婚を選ぶ。おしまい。それだけさ」

「そうか。そういう話もあるだろうな」

救いがない、とはミトロフは思わなかった。貴族にはよくある話だ、という冷めた思考がある。

愛する者がいたとしても、家のために決められた相手と共になる。貧しさを嫌うが故に結婚相手を選ぶという人間もいるだろう。

「貧しくとも愛があればいい……そんな〝信仰〟でふたりがくっついたとしたら、どうなってたと思う？　教養もない貧しいふたりが揃《そろ》ったってどうにもならない。そのうちに愛が冷めれば、残るのは貧しさだけだ。貧しい人々……金も権力もないってのは、不幸なことだよ」男は笑い方までも気怠げに、煙草を地面で揉み消した。「この教会には信仰がある。だが、貧しい。金がない。権力がない。不幸なガキを集めて、不幸な大人が世話してる。だからこうだ」

と、男は座ったまま両手を広げた。

「金と権力を持った奴《やつ》の気まぐれで、住処《すみか》を追い出されることになる」

「誰が、どうしてこの教会を買い上げようとしている？　そんな……むごいことを」

「〝ドン〟さ。ドンの考えなんぞ、おれたちは知らないね。やれと言われたからやるだけだ。これも信仰かもしれねえな。ドンの言うことは絶対――お告げみたいなもんさ」

言って、男は手を胸の前で組んだ。祈りを捧げる敬虔な信徒のように。そのまま眉を上げてミトロフを見上げる。

「〝貧しき人々〟は自由を得る。だがその自由の足元は砂で出来てる。権力者の思いつきで容易《たやす》く吹き飛ぶ。そういう歌を作るべきだと思うね」男は立ち上がると、ミトロフに向かって歩いてきた。

「貧しい大人によろしく言っておいてくれ」

何かを渡すように拳を突き出され、ミトロフは思わず手のひらを差し向けた。そこにぽんと置かれたのは、煙草の吸い殻だった。

「捨てといてくれ」

んじゃ、とすれ違う男の背中を、ミトロフは振り返る。片足を引きずるような歩き方で、男はゆっくりと去っていく。

「……あの方は、何をしたかったのでしょう？」

カヌレは不思議そうに言った。

「文学談義と宗教論、社会への問題提起といったところか」

ミトロフは手に残った吸殻をつまみあげて眺めた。眉を下げ、ミトロフは嘆息する。吸殻を懐に収めて、教会の中へ歩みを進めた。

6

幼い子どもたちは礼拝堂で聖歌を歌っていたが、年長の子らは中庭に広げた布に座り、空を天井にしてサフランの授業を受けていた。

何度も書かれた文字が消え切らずに残っているような使い込まれた黒板に、聖書の一節を書き記し、その読み方や意味を解説している。

「ねえねえ、ミトロフって、グラシエおねえちゃんのかれし？」

ミトロフがやってきたことで、幼い子らは歌うのをやめてミトロフの周りに取り付いている。

子どもたちに交ざって授業を受けているミトロフに、隣に座った少女が耳打ちをした。片方の目を隠すように長く伸びた前髪と、好奇心にきらきらと輝く丸い目が特徴な子である。

「いや、友達だ」

「えー、ちがうの？」

「……その、なんだ、グラシエは、なにか言っていたか。ぼくのことについて」

「うん。いってたよ。しりたい？」

「……そ、そうだな。参考までに聞いておくのもいいな」

「はい」と、少女は手のひらを差し出した。ミトロフが首を傾げると、にっこりと目を弓なりにする。「じょうほうりょう」

「情報料だと？　タダで教えてくれるんじゃないのか？」

「ただほどたかいものはないんだって」

「むう……その歳《とし》でよく社会を知っているな……分かった。砂糖菓子をひとつでどうだ」

「みっつ！」

「それは吹っ掛けすぎだろう！　ふたつで我慢してくれ。ぼくだってなかなか買えないんだぞ」

「ミトロフ、びんぼうなの？　かなしいね……」

「ああ、悲しいんだ……」

「おぬしはなにを幼子と分かり合っておるのじゃ？」

顔を寄せ合っていたところに、急に背後から声をかけられ、ミトロフは尻を浮かせるほどに驚いた。慌てて振り向けば、ミトロフの大袈裟《おおげさ》な反応にきょとんとした表情を見せるグラシエが立っている。

「いや、なんでもない。ああ、なんでもないとも。なあ？」

「うん、なんでもないよ！　わたし、わるいことなにもしてないもん！」

グラシエは訝《いぶか》しそうにミトロフと少女のふたりを見つめた。

「なんじゃおぬしら、急に仲が良いのう……なにを話していたのか、われにも教えてくれぬか」

「それは秘密だ。なあ」

「うん、ひみつ。じょうほうとりひきはしられちゃいけないんだから」

「情報取引？」グラシエはきょとんと目を丸くした。

ミトロフと少女は顔を見合わせて頷き合った。生真面目なグラシエにバレると大変である、という見解は一致しているらしい。

「あ、グラシエだ！ってことはおやつ!?」

コウが声を上げた。おやつという言葉に子どもたちは火がついたように歓声を上げた。

「先生！　おやつ！」

「おなかすいた！」

子どもらが思い思いに叫び、サフランは和やかに笑う。

「出来立てがいちばん美味《おい》しいからね。おやつをいただこうか」

そのひと声にやったー、と歓声が上がる。しかし年長の子が声をかければ、素直に従って立ち上がり、声を合わせて「サフラン先生、ありがとうございましたー！」と礼をした。

行儀が良いのはそこまでで、顔を上げれば我先にと教会の中に走っていく。

「騒々しくてすまんぬのう」苦笑するグラシエに、ミトロフは真面目な顔で答える。

「美味《うま》いおやつを前にすれば当然のことだ。ところでぼくの分もあるかな？」

冗談とも本気ともとれる言いように、グラシエは思わず噴き出した。

「やれやれ、おぬしはまったく、面白い男の子じゃのう。おぬしが残していった銀貨で小麦と砂糖が買えたでな。感謝する。遠慮なく食べていくと良い」

「銀貨？　記憶にないな。食事が美味すぎて財布からこぼれ落ちたのかもしれない」

「戯れを言う」

ふふ、と笑みをこぼすグラシエの柔らかな視線がやけに気恥ずかしく、ミトロフは顔を逸らした。

サフランのもとに、年長の子どもばかりが三人残っていた。真剣な様子で何かを訊ねている。サフランはひとりひとりに丁寧に答え、ときには黒板に文字を書く。ミトロフが気軽に声をかけるのも憚《はばか》られるほどである。

戦闘でもないのに鼓動が速くなり、背中に汗が浮かんでいるのが自分でも分かった。まったく、奇妙な現象である。

「あの子たちはひと際に真剣なようだな」

「ああ、サフラン殿曰《いわ》くあの三人は自らの道を心に決めておるそうじゃ。レティはスコラ学派の私塾に通うことが決まっておる。ドゥンは数字に強くてな、表店を持つ立派な商会で奉公をするというし、ラナは美しい文字を書くゆえ書記の試験を受けるのじゃ」

ミトロフが見たところ、三人は十を過ぎたばかりの歳に思える。その年頃で自らの進む先を定めることは容易ではないだろう。

「できるだけ早く働き、この院の助けになりたいと、常々言っておる。心意気は美しい。が、ちと寂しくもある」

「寂しい？　立派なことではないか？」

「あの子らも本当はまだまだ子どもでいるべき年ごろじゃろう。いちど大人になってしまえば子どもには戻れぬ」

その口振りにはグラシエ自身の経験を含むものがあるようだった。グラシエは父を亡くし、跡を継ぐ形で狩人《かりゅうど》になったのだと聞く。

望む望まないとに関係なく、そうするしかないという道が目の前にあるとき、それを選ぶだけの分別と、全うする意志力があるがゆえに、己の進むべき方向が強制的に定まってしまうことがある。

「心配しているのだな、あの子らが後悔しないかと」

「ん、む。老婆心というものかのう。あの子らが決めたことに口出しをするつもりはないのじゃが、つい、な。あの子らの未来のために、大人として、できることがあれば良いのじゃがと考えてはしまうな」

大人か、とミトロフは繰り返した。

人間族よりも寿命の長いエルフとて、グラシエはまだまだ若い年ごろのはずだ。それでも自らを

〝大人〟と区分し、子どもたちの未来を憂うのは、彼女の性分というものだろう。

ミトロフはこれまで、自分を大人と思ったことがない。

貴族として生まれ、父の庇護《ひご》の下に生活を送り、与えられた服や食事をただ消費していた。押し付けられた貴族の三男としての生き方と、認めてもらえない自分の在り方に不満を抱き、鬱屈していた。

ミトロフはサフランに学ぶ三人を見つめた。

若くして新しい環境に挑むことに対する不安はあるだろう。緊張もするだろう。それでも、瞳の光は力強い。

「あの子たちは、あの歳でもう、自分で立とうとしているのだな」

「われには巣立つ姿を見送ることしか出来ぬが……せめて、帰る場所を守る手伝いはしたくてのう」

それがグラシエがここにいる理由であった。

身寄りを亡くし、社会的にも迫害されがちな子どもたちの居場所であり、姉の家でもあるこの教会を失いたくない。その感情の一端に、ミトロフも触れることが出来たようである。

「きみは、立派な人だな」

「なんじゃ唐突に」

グラシエはまだ熟していない青い実を嚙んだかのように、渋い顔を見せた。

「誰かのために考え、行動すると言うのは、難しいことだろう。思えば、きみは出会ったときからそうだった。迷宮でぼくの命を救ってくれたことは忘れない」

「……言ったじゃろう、迷宮では助け合いじゃ、と」それにのう、とグラシエは柔らかな微笑《ほほえ》みをミトロフに向けた。「われもその言葉をそっくりおぬしに返したい。おぬしに出会えたことで、われは救われたような気持ちになった。大事な聖樹も枯れ果てずに済み、里の者らの暮らしも守られた。おぬしへの借りは是非とも返さねばならんのじゃが」

それで、実はな……。と、グラシエは急に言い淀《よど》んだ。

顔を俯《うつむ》け、腹の前で組んだ指を所存なさげに絡める。恥じらう少女のようであり、叱られることを分かって親に打ち明ける子のようにも見える。

言い出しにくいことがあるのか、とミトロフは考え、すぐにも察した。

前回、ここに来たとき、ミトロフはグラシエの姉・ラティエから頼まれごとをした。それはグラシエを迷宮という危険な場所に連れていかないで欲しいということだったが、その話をグラシエ本人にもしたのだろう、と。

「いいんだ、分かっている」ミトロフは頷きを返した。

「わ、分かっておるじゃと!?」

「ああ、姉君から話は聞いている」

「姉上から!?　い、いつの間に……」

やけに動揺するグラシエに、ミトロフは首を傾げた。真白い頬は陶器に挿した紅色のように鮮やかに色づいている。

「ここはきみの家のようだ。姉君だけでなく、たくさんの弟や妹もいるんだな」

「……たしかに、家族のように思っておる」

「グラシエ。きみが無理をしてぼくと来ようとしているなら、気にしないでいい。きみの生き方を制限するつもりはない」

ミトロフは視線を逸らし、サフランと子どもたちを眺めた。

「それは、われが必要ないということかの？」

「そんなことはない」ミトロフは強く答えた。「きみがいてくれたらどれほど心強いか。だが、ぼくはきみの助けになりたくて行動しただけだ。借りだとか、貸しだとか、そういう関係ではいたくない。なんというか、対等でいたいんだ」

「……対等、か。そうじゃな、われもそうありたいと思う。じゃが、おぬし、本気でわれが貸し借りだけで決断したと思っておるのか？」

「そうは思わないが……だが、きみは狩人だろう。迷宮に潜る必要はないはずだ」

「迷宮？　なんの話をしておるんじゃ？」

「なにって、ぼくらとパーティーに戻って迷宮を探索する話だろう。きみをそんな危険な場所に送り出したくはないと、姉君から打ち明けられたが」

グラシエは目を丸くして、口を小さく開いた。呆《ほう》けていたかと思えば急にぎゅっと顔をしかめ、

「ううう」と唸ってそっぽを向いてしまった。

「――ああ、そうか！　そういう話じゃったか！　そうじゃったな、そうとも、迷宮探索の話じゃ

な！」

「きみの方こそなんの話をしていたんだ……？」

「いいや、その通り！　迷宮探索の話じゃ！　そうよな、姉上は反対するであろうな！　優しい人じゃが、昔から心配性でのう！」

途端にわたわたと挙動不審になってしまったグラシエを、ミトロフは訝しげに見る。その視線を感じながら、グラシエもまた慌てふためいている自分をおかしく思った。

頬も赤いままに「ごほん」とわざとらしく咳払《せきばら》いをして、グラシエは腰に手を当てた。わずかに胸を張って、平然とした風を装ってはいるが、瞳は閉じられたままである。

「……たしかに、姉上が反対する気持ちも理解できる。しかし、ちゃんと話せばわかってくれるであろう」

グラシエは軽やかな口調で言うが、果たしてそうだろうかとミトロフは思う。

大事に思っている妹が、命の危機ばかりの迷宮探索に潜ることを快く思えるはずがない。

むっつりと黙り込んだミトロフに、グラシエは細く瞼《まぶた》を開いて視線を送る。難しい顔をしている、とグラシエは細く息を吐いた。

「……薬を探すために迷宮に入った折にも、姉上には随分と心労をかけた。それが分かっておるから、なかなかここにも来れなんだのじゃ。しかしの、ミトロフ。われはおぬしと迷宮に潜りたいと思っておる」

語りかけるような口調に、ミトロフも視線を合わせた。

「たしかに危険じゃが、迷宮に潜り、共に戦い、時間を過ごすことは……心が躍る。われはまるで幼子のように、わくわくするのじゃよ」頬を上気させて、グラシエは微笑んだ。「じゃからの、そうつれない顔をせんでくれ。われはわれの意思で、迷宮探索を続けたいのじゃよ」

「……そうか」

グラシエのその言葉を、ミトロフは素直に受け止められなかった。

それはあの〝魔族〟と出会ってしまったからに違いない。あまりに異形で、そして強い。自らの力の及ばぬ存在が迷宮にはいる。そんな当たり前のことを、いまさらに気づいてしまった。

ミトロフはグラシエを見る。彼女は良い人だ。彼女のことを大切に思う家族があり、慕う子どもらがおり、死んでしまってはいけない人だ。

彼女を迷宮に連れて行くことは、本当に正しいのか？

「ここの問題を疾《と》く片付けて、日常に戻らねばな」

屈託ないグラシエの声に、ミトロフは悩みを呑《の》み込んで頷いた。

「そうだな、この教会は守らなきゃならない。だがマフィアとの問題なのだろう？　解決の方法は考えているのか？」

グラシエは人差し指で下唇を押し上げ、なんと言ったものか、と視線を逸らした。

「われはさっさと乗り込んで頭目と話をつけようと思っておったのじゃが……」

「勇壮すぎる。あまりに無謀だ」

「姉上にもしこたま叱られたわい。解決法を探ってあちこちに行ってもみたのじゃが……先ほど、サフラン殿がもうすぐ片が付くから安心して良いと言われての。取り立てに来た男と何か話しておったようなのじゃが……」

先ほど出会った〝兄ィ〟の姿をミトロフは思い出した。

「具体的には聞いていないのか？」

「話すべきときに話す、と濁されてしまってな」

ふたりは揃ってサフランに目を向けた。ひょろりとした長身に柔らかな目元は優しげな雰囲気を纏《まと》うが、マフィアとの問題をひと息に解決するような頼もしさとは言えない。

ミトロフとて詳しくはないが、裏町の一角を取り仕切るような組織を相手に交渉をするとなれば、厄介という言葉ではどうにもならないように思える。権力でも暴力でも、対抗するには同じだけの力が必要になるはずだ。

詳しく聞くべきではないかとミトロフは思案するが、サフランは自分とは比べられないほどに立派な人格であるし、彼がミトロフよりも短慮であるとは思えない。彼に案があるというなら、疑うことは失礼だろうか。

「ミトロフ？」

グラシエの声かけに、ミトロフは張り詰めた息を抜いて顔を戻した。

「いや、なんでもない。中に入ろう。お腹《なか》がすいた」

「おぬしは食に目がないからのう」

グラシエはころころと笑う。

7

賑《にぎ》やかな夕食だった。

子どもたちと、グラシエにラティエにサフラン。廃教会ながら、サフランの行いに賛同して通いで勤めに来ている修道女がふたり。そこにミトロフとカヌレが加われば、食卓を囲む人間は多くなる。

作る料理も豪快なものになり、今日は寸胴鍋《ずんどう》で煮込んだシチューである。調理を務めたのはラティエで、カヌレが手伝う形となっていた。

教会のキッチンはすっかり彼女の庭となっており、それは見事な手際で調理をするのだ、とカヌレがミトロフに教えた。

食事を終えれば子どもたちがよく働く。自分のことは自分で、余裕があるなら他人の分まで。そうした独立心と助け合いをしっかりと身につけているらしい。分担して食器洗いや掃除をこなし、幼子の世話までしている。

いつの間に馴染《なじ》んだのか、カヌレも率先して動いているし、ラティエもグラシエもあちらへこちらへと働きまわる。

客人扱いのミトロフだけがぽつんと椅子にひとり残され、居心地も悪げにきょろきょろと見回している。なにかを手伝うべきだろうとは分かっていながら、経験がないためにどう動けばいいのかが分からないのだ。

「ミトロフ、じゃまー」

「む、すまん」

片目を前髪で隠した少女がミトロフの肩をちょんちょんとつついた。昼間にミトロフと情報取引をしようとした少女である。

ミトロフが席を立つと、手際良く椅子を持って片付けて行ってしまう。ついに座る場所もなくなった。せめて邪魔だけはすまいと、ミトロフは部屋を出た。

倹約のために獣油の蠟燭を使っているのだろう。廊下は薄暗く、脂の焦げる臭いが鼻をついた。子どもたちの声を遠くに聞きながら進んでいけば、礼拝堂に繋がる扉がある。ミトロフが何の気もなしに開くと、聖像の前に跪《ひざまず》いて祈りを捧げるサフランが見えた。

大小もさまざまな蠟燭が並んでいるが、点灯されているのはひとつだけである。その一灯に祈るサフランの姿は、声をかけることも憚られるほどに真剣であった。

ミトロフは音を立てぬように扉を閉め、手近な長椅子の端に腰掛けた。椅子はみしみしと苦しげに呻《うめ》いたが、崩れ落ちずに済んだ。

ミトロフは礼拝堂を見回す。

かつては白亜に美しかったであろう内装は、ひび割れ、雨漏りに汚れ、塗装のはげた箇所のほうが多い。丁寧に掃除が行き届いてはいても、老朽したものばかりはどうしようもない。壁は崩れ、長椅子は朽ち、柱は欠けつつある。

すべてが風化しつつある中で、天井に描かれた絵だけは褪《あ》せることなく見事である。優れた絵画や宗教画には、状態を維持する特別な加工や、魔法が施されるものだ。教会が崩れ落ちたとしても、この天井画は美しいままだろう。

ミトロフはしばらく、首を反らして惚《ほう》けたように絵を眺めていた。

「この絵に、心を奪われたのです」ふと、隣にサフランが座った。ミトロフと同じように絵を見上げる。「私がこの教会を見つけたとき、窓は割れ、壁は崩れ、中は荒れていました。しかし、そのおかげで陽《ひ》の光がよく入っていてね。照らされたこの天井画が、実に美しかった。気づけば日が暮れるまで、こうして座って眺めていました」

「絵は不思議だ。心が吸い込まれる」

「そう、吸い込まれる」

ふたりはそこでまた言葉を潜めた。

蠟燭が隙間風に揺れる。陰影が絵画の表情を変える。柔らかな笑みを浮かべている聖人が、ふと酷薄な表情をしているようにも思える。

しんと静まった聖堂の厳かな暗闇の中で、ミトロフは自分の中を見つめ直すような感覚を得る。

頭を空にし、心を凪《なぎ》にし、内省する時間という意味では、風呂に浸かるのもまた同じである。しかし風呂が心身を溶かすように解きほぐすのに対して、教会で絵を見上げる時間は、心を清らかな水で洗い流すような冷たさと、浄化という印象がある。

神を深く信仰していないミトロフであっても、思わず何かを祈りたくなるような気持ちだった。

ここは特別な場所である。それが誰に言われずとも分かる。

「……マフィアとの問題を解決する策があると、聞いたが」

ミトロフが横目に見ると、サフランは苦笑していた。

「そうですね、どんな問題にもやりようはある。どんな困難とて、それは必然というものです」

「司祭というのはまるで貴族のように話すのだな」

「おや、権威的でしたか？」

「迂遠《うえん》だ」

「これは耳が痛いですね。たしかに、私たちは率直さを美徳と心得なければ」

「それも迂遠だ」

サフランは鼻を鳴らすように笑った。今までの形式ばったお手本のような司祭像ではなく、サフラン自身の性分が現れたような笑い方であった。

「誰にでも、帰るべき場所が必要です。心の拠《よ》り所《どころ》であり、家と呼ぶべき場所が。教会を神の家だと呼びますが、ここはあの子たちの家なのです」

子どもらの明るい笑い声が、扉の向こうからかすかに聞こえていた。

「あの子たちの未来のために、私がしてやれることは少ない。それでもこの家を守ることだけは果たしたい」

「どうして、そこまで献身的になれる？」ミトロフは率直に訊く。「自らの子ですら見捨てる親がいる。道端に座る死にかけの幼児を目にもとめない世の中だ。なのにあなたは孤児院を開き、自らの人生を注いでいる。そこまでのことができるのは、あなたが信仰を得たからなのだろうか？」

素直な疑問だった。

貴族としての在り方を学んできたミトロフにとって、物事の判断は営利的なものに寄りがちだ。自分にどれだけの利益があるのか、それを行うことは得なのか、損なのか。

ミトロフから見て、サフランの行いは〝損〟だ。子どもらを引き受け、その未来への責任を負い、日々の生活の糧をどうにか工面しなければならない。

日々の悩みは尽きぬだろうし、自分の好き勝手に生きることもできない。肩にはどれほどの重圧と責務がのしかかっているのか、ミトロフには想像も及ばなかった。

「どこまでいっても、これは自己満足のためです。私はかつて、罪を犯した。その呵責《かしゃく》が心を蝕《むしば》み、眠ることもできなかった。ある日、朽ちた教会を見つけ、この絵に魅入られた……本当は、私はこの絵が欲しかった」サフランはミトロフに肩を寄せると、ひっそりと声を潜めた。「実は、司祭には誰でもなれるのですよ。多くの喜捨をして伏してお願いすれば、教会は杖と服をくださるのです。私は偽りの聖職者なのです」

ミトロフは目を丸くする。サフランは悪戯《いたずら》をした少年のように屈託のない笑みを浮かべていた。

「――ああ、すっきりした。やはり懺悔《ざんげ》というのは効果がありますね。私はそうして司祭となり、この廃れた教会の管理権をいただき、こうして好きなだけ絵を眺める毎日を送っているというわけです。どうです、自分勝手極まりないでしょう？」

「なるほど、あなたが自らの利のために行動したことはわかった。だが、絵が手に入ったのなら、それで満足だったんじゃないか？」

サフランはすぐには答えなかった。親に叱られるか褒められるかを思い悩む少年のようにためらいを持て余しながら、ふと彼は話しはじめた。

「教会の壁を直していたある夜、夫婦がやってきたのです。彼らは子どもを抱いていた。〝烙印《らくいん》の仔〟でした。今では迷宮の呪いを受けた者、生まれながらに異形を得た者のことを指しますが、古来は〝デーモン〟に選ばれた子の呼び名でした。今では教会はそうした呼称を否定していますが、信心深い者は今でもそれを信じています」

ミトロフは幼いころに学んだ記憶を掘り起こした。神学を学んだとき〝デーモン〟という存在を知った。この世の底に広がる冥界に囚《とら》われた邪悪な者をそう呼ぶのだと。人の行いが悪に偏るとき、それはデーモンに唆されたのだという。

「夫婦は我が子の魂を冥界に連れていかないでほしいと、私に跪いて祈りました。そして私の元でどうか〝浄火〟してほしいというのです」

首を傾げたミトロフに、サフランはああ、と頷いた。

「〝浄火〟というのは、魂の罪を清めて火焔天《かえんてん》に送ることを意味します。デーモンによって魂を地獄に連れ去られる前に、司祭の手によって正しい輪廻《りんね》に戻すことで、その魂は再び生まれ変わるとされています」

それはつまり、と察したミトロフに、サフランは頷きだけを返した。

「信仰心を持つ人にとって、もっとも恐ろしいのは死後の魂の行方……デーモンの住まう冥界十層の〝地獄〟に永遠に囚われることなのです」

「……あなたは、本当にあると信じるのか？　この地の底に地獄があると。デーモンが住まい、この地上を滅ぼそうとしていると。その神話を」

サフランは目尻を下げ、ミトロフを見返した。

「さあ」

「さあ？」

「私は見たことがないので。我はこの目で見たと言う司教はいますが、まあ、証明はできません。ただ、ないとは言えません。あるとも言えない。だったら、信じる者の心を否定するわけにはいかないでしょう。恐れる心は真実、そこにあるのですから」

ミトロフは背筋に寒気がはしった。まさか、と思った。

「私は必ず〝浄火〟をすると請け合い、その子を預かりました。〝浄火〟はしませんでした。代わりに、私がここで育てることになった」

ミトロフはふう、と安堵《あんど》の息をついた。

「以来、〝浄火〟を依頼されて断りきれなかった司祭たちが、ひっそりと私の元に連れてくるようになったのです。彼らの援助を受けながら、この孤児院は経営を続けてきました」

しかし、とサフランは言う。

「〝浄火〟され、我が子は安らかに眠ったと信じている親がいる。自分たちは捨てられたのだと傷を負った子どもたちがいる。私たちは嘘《うそ》をつき、孤児を育てる。果たして救いはどこにあるのかと、分からないままです。もしも真実、この地の底に〝地獄〟があり、デーモンがこの子らの魂を求めているのであれば、〝浄火〟すべきことこそが正しいのかもしれないとも考えます」

ミトロフは顎の肉を撫でた。かつてはそれこそが世界の理と信じられていた神学も、今では隆盛を失いつつある。人々は理性的になり、世界に整然とした規則を求め始めている。

「あなたの行いが正しいかどうかを、ぼくに判断する権利はない。しかし〝地獄〟の存在を立証できない限りは、あなたの行いは人道的であると思う」

「その〝地獄〟があるとしたら？」

サフランの口調はひどく断定的だった。確信を持った発言であるようにすら思える。

「ミトロフさんは、冒険者だ。迷宮に潜っている。では疑問に思いませんでしたか？　なぜ深い穴の中に魔物と呼ばれる異形が棲《す》まうのか、際限なく地下へと続いているのか、〝昇華〟と呼ばれる現象が起きるのか……」

ミトロフは答えに窮した。全てはわからない。わからないまま、ただそういうものだと受け入れていた。

「〝異教徒〟と呼ばれている存在があります……彼らは、迷宮こそが地獄へ通じる穴だと定義しているのです。魔物を倒すことで力を得た者は〝戦士〟となり、来《きた》るべきデーモンとの終末の戦いに備えているのだ、と」

ミトロフは眉をひそめた。たしかに迷宮は地下深く続き、その底を誰も見たことがないという。なぜ異形の魔物が住んでいるのかも、古代人の遺産が見つかるのかも分かっていない。しかしその穴が地獄に通じているとか、終末の戦いだとか、まったく宗教じみた話にしか思えなかった。

しかし、と、思い出される存在がある。

山羊頭の老婆……寒気のする歌声……命の凍えるような寒気……。

だが、アレは魔物だ。迷宮に巣喰《すく》う存在でしかなく、神話の存在ではない。

「もし、仮にそうだったとしよう」とミトロフは言う。「迷宮の底は地獄に繋がっていて、そこには〝デーモン〟がいたとして。それがどうしたというんだ？　それでもあなたの行いは非難されるべきものじゃないと、ぼくは思う。〝浄火〟？　くだらない」

その時、部屋の向こうで笑い声が大きく響いた。

ミトロフとサフランはその声に顔を向ける。

「あの賑やかさは、あなたの行動の結果だ。いま、あの子たちは笑えている。地面の奥底にいるかどうかも分からない存在より、目の前のこの笑い声こそが大事じゃないか？」

サフランは頷いた。間を置いて、また頷く。

「……たしかに。ええ、たしかにそうだ。いつの間にか私もずいぶんと信心深い人間になっていましたね」

ドタドタと床を走る音。扉が開かれ、子どもたちがどっとなだれ込んでくる。

「せんせぇ！　コウがあたしの頭をぶったの！」

「ちげえよ！　ちょっとこづいただけじゃんか！」

「サフラン先生、きょう絵本読んでくれる？」

「ちがうよ！　今日はあたしの順番！　あたしの絵本を読んでもらうの！」

しんと静まり返っていた暗闇があっという間に賑わった。サフランは苦笑しながら立ち上がる。

「よしよし、分かった。ひとりずつ話を聞こうか」

多くの子どもたちの毎日を守るために父として過ごす日々に、苦労や騒々しさがないわけがない。

それでも、ミトロフにはサフランの顔が生き生きとしているように見える。

遅れて、通路から片目を髪で隠した少女がとことこと歩いてくる。騒がしい声に囲まれたサフランを眺めて「むう」と悩むと、ミトロフの方に歩いてきた。

「これ、よんで？」差し出されたのは絵本である。

「ぼくがか？」

「うん。ミトロフでいいや」

「妥協されるのも複雑な心境だな……」

ミトロフは本を受け取る。少女はミトロフの隣にちょこんと座ると、ずいと顔を寄せてくる。

本を開き、ミトロフはできるだけ落ち着いた声音で文字を読み上げた。ずいぶんと昔に、自分が誰かにそうされていたように。

「むかしむかし、魔剣を探し求める騎士と、騎士を支える聖女がおりました――」

8

子どもは嗅覚に優れている。特に面白いことには鼻が利く。

物珍しい来客であるミトロフとカヌレは子どもたちの人気者であり、食事が終わった後もあれやこれやと遊びの誘いが絶え間ない。

年配の修道女とサフランが言い聞かせてようやく、子どもたちは不満げながらもそれぞれの部屋に戻っていった。

部屋に戻る前に眠りに落ちてしまった幼子らを両腕に抱えて、カヌレが部屋に送り届けている間に、ミトロフは帰りの挨拶のためにグラシエを探している。

キッチンに繋がる扉に近づいたとき、グラシエの硬い声が聞こえた。

ミトロフは扉に差し向けた手を止めた。扉は古く、建て付けが悪いために隙間ができている。中に灯された蠟燭の火が細く漏れ、ミトロフの足元まで伸びている。

「……わかって……ん……ミトロフは…………じゃ」

「……でも……あなたの……」

会話の相手はラティエだった。盗み聞きになっている今の状況はよろしくないと分かっていたが、自分の名前が出たことに気づいてしまうと、どうしても気になってしまう。

ミトロフはここを立ち去るべきか迷いながら、好奇心には逆らえずに耳を寄せてしまう。グラシエの声が明瞭に聞こえた。

「姉上の心配する気持ちは嬉しいが、われは冒険者として務めたいと思っておる。そうすればこの街で過ごせる。実入りも悪くない。子どもらの助けもできるじゃろう。なにが問題だと言うんじゃ」

「あなたが心配なのよ、グラシエ。この教会のことも、私のことも、里のことだって気にしないでいい。あなたの命の問題なのよ、これは」

ミトロフは息を呑んだ。

「私は迷宮に行ったこともない。でもね、元冒険者だった方が何人も教会にいらっしゃるわ。迷宮で友達を亡くした、取り戻せない怪我をした……そんな話をたくさん聞いたの。ねえ、あなたは本当に迷宮で冒険者をしたいの？　それはあなたの意思？」

「意思？　そうじゃとも。われの意思じゃ」

「グラシエ、あなたはとても真面目な子だわ。だから心配なの。受けた恩を返す……立派な考えよ。でも、恩を受けたからという理由で命を賭ける必要はないのよ。ミトロフさんだってわかってくれる」

「ミトロフがそうしろと言ったわけじゃない。われが自分でそうしたいと考えたのじゃ」

「そう、ミトロフさんは言っていないのね。あなたに来てほしいと言っていない」

「……どういう意味じゃ、姉上」

「ミトロフさんは、あなたを守ってくれるの？　その力や覚悟を、持っているの？」

ラティエの硬質な声は、ミトロフの耳を通って心臓に届いた。ばくん、と。その鼓動が大きく聞こえた。

「われは守ってもらおうとは思っておらぬ。姉上、われらはパーティーなのじゃ。助け合うものなのじゃ」

「そうね、でもあなたは本当に彼のことを知っているの？　エルフにとっては葉のような薄い時間しか経《た》っていないのに……それでどうして、〝人間〟の本質を理解できたと思えるの。そんな相手に命を預けようとしているのよ、あなたは。本当の危機を前にした時にしか、人の本性は分からない。あなたの命が危ないときに、彼が逃げ出さないとどうして言い切れるの。あなたを守れるだけの力があると、どう証明するの」

ミトロフは耳を離した。呼吸を抑え、足音に気を配りながら通路を戻る。

ラティエの言葉が頭の中をいっぱいにしていた。声が繰り返されている。

「ミトロフさま、お待たせしました」

子ども部屋から戻ってきたカヌレと出会い、ミトロフは咄嗟に笑みを浮かべた。

「ああ、カヌレ。ご苦労だったな。ずいぶんと遅くなってしまった。ぼくらも帰ろう」

「ではグラシエさまにご挨拶を」ミトロフの態度に違和感を見ながらも、カヌレは頷いた。

「さっきぼくが済ませておいた。今は、ええと、何やら大事な話をしているようだ。邪魔しては悪いだろう」

「はあ……そうおっしゃるのでしたら」

首を傾げるカヌレを伴い、ミトロフは教会をあとにした。

月の明かりを頼りにした帰り道で、ミトロフは黙りこくったままだった。頭の中でラティエの言葉を思い出す。それに言い訳をしたり、言い返したりする。面と向かっては言えない言葉を、感情のままに並べてみる。けれど最後には、たしかに言われた通りだ、と頷くことになる。

——あなたの命が危ないときに、彼が逃げ出さないとどうして言い切れるの。

大切な妹の身を案じる姉に、胸を張って自分が言える言葉がどれだけあるだろう。

ラティエはミトロフを知らない。彼女にとって大切なのはグラシエであり、彼女の安全こそが心配なのだ。彼女の不安は、ミトロフという人間への信頼の低さに起因している。

ミトロフという人間は、どんな人間か。

ラティエが問題にしているのはそこだ。

ミトロフの左手が無意識のうちに腰を探った。今はなにもない。鞘だけが自室に置かれていて、剣身は守護者の部屋に置き去りである。

山羊頭の老婆と戦ったとき、ブラン・マンジェの助けがなかったとしたら、生きて帰って来れていただろうか。あそこにグラシエがいたとしたら、自分は守れていたのだろうか。

わからない。

「ぼくは、ぼくの〝本質〟を知らない」

ミトロフは小さく呟く。

——ぼくは、逃げない人間だろうか？

自問への答えは見つからないまま、ミトロフはむすりと黙り込んで歩いた。

その三歩後ろをついて歩きながら、カヌレはミトロフの様子をうかがっている。

何に悩んでいるのかを訊くべきか、とカヌレは考えている。明らかに様子はおかしい。ミトロフがいつも持ち歩いている刺突剣もないし、手足の動きがときおり、ぎこちない。

何かがあったことは間違いないが、それを打ち明けてもらえないことが、カヌレは少しさびしい。しかし、男性とはそういうものだと、母からよく教わっていた。また、ミトロフは元々が貴族の生まれである。そうした男性は特に考えを秘めるものだという。

不躾《ぶしつけ》に訊ねることは、ミトロフの男としての矜持《きょうじ》に差し障ることがあるかもしれない……ならばもう少し、黙ったままでいよう。

カヌレは内心で頷き、ミトロフの傍らに歩幅を詰めた。

9

隣室から響く怒鳴り声をミトロフはベッドの上で聞いている。

粗末な壁では防音もされず、ふたりの男の会話はよく聞こえた。おかげで早朝に目が覚めた。迷宮帰りらしいふたり組は、探索の失敗の責任を互いにぶつけ合っている。

片方は準備不足を。片方は戦闘能力を。欠けたところを指摘し合い、お前のせいだろ、と怒鳴り合い、ついに一方が足音も荒く廊下を歩いていく。待てよ、と声がかかり、追いかける……声は遠くなり、もう聞こえない。

ミトロフは起き上がり、ベッドから足をおろした。頭側の壁に空っぽの鞘だけが立てかけられていて、それがミトロフのわびしさに追い討ちをかけた。自分の敗北の証をまざまざと見せつけられているようである。

ミトロフはぺしゃんこの枕の下に挟んでいた手帳を取り出し、中を開いた。帳簿として活用している手帳には、現在の財産が示されている。

施療院への支払いは残っているが、払いの目処《めど》はついている。多くはないが貯金もある。だが、新しい剣を買うには心許ない。それでも剣がないからと働きもせずに過ごしていたら、この程度の金はすぐになくなってしまう。

ミトロフは手帳を戻して身体を起こし、ブーツの紐を結んで立ち上がった。

昨夜のうちに裏庭の井戸から水を運んでおいた。これまではメイドがやってくれていたことである。冬にはミトロフが鈴を鳴らせば、湯気をのぼらせた温かい湯が運ばれてきたものだ。まともな宿なら手間賃を出せばそうした心配りも手に入るだろうが、安宿にそこまで期待できるわけもなく、ミトロフは夜な夜な、身支度のための水を汲《く》むという仕事を覚えている。

その水で口をゆすぎ、洗顔を済ませ、寝癖を直した。

迷宮に向かうために、ゴワゴワの作業着に着替える。手入れの行き届いた革のガントレットを左腕に通してベルトを調整し、腰には短剣のみを吊《つる》す。洗って干しておいたハンカチと、食事用のナプキンを懐に忍ばせれば、冒険者としてのミトロフが仕上がる。

階段を降りて外に出ると夜の余韻が香った。ひんやりとした風が頬のうぶ毛を撫でる。連なった建物の向こうの遠い山々に、新鮮な卵の黄身のようにまん丸な朝焼けがあった。

ミトロフはギルドに向かった。ギルドの建物の前には円形の広場があり、中央には噴水が据えてある。そこは観光地でも飾りでもなく、冒険者が身を洗うためという合理的な理由で活用されている。

泥や魔物の返り血を浴びたまま街中を歩くよりは、水を浴びてびしょ濡《ぬ》れのほうがまだマシというものである。夜を徹した戦いの帰りなのだろう。今も数組の冒険者たちが服や身体を洗っている。明るい顔もあれば、暗い顔もある。成功した者、失敗した者……酷《ひど》い敗北を味わった者もいるかもしれない。

けれど、生きている。生きてここで身体を洗えるなら、また次がある。

ミトロフはふと歩み寄って、噴水の水で両手を洗った。そして台座に刻まれた無数の傷に手を触れ、祈った。

ここに傷をつけたのは生きて帰ってきた冒険者たちである。その幸運にあやかりたいと思った。

ぼくも、ここに戻ってくる。生きて帰る。

そうした気持ちは胸の中だけには留《とど》めきれず、ふと大声で騒ぎたいような、両手を振り回したいような衝動を持て余した。

夜な夜な宿で冒険者たちが騒ぐのは、同じような耐え難い衝動を抱えていたからかもしれないと思った。

ミトロフは今、ようやく自分が冒険者になった気がした。貴族の三男であるミトロフでなく、家を追い出されたただのミトロフでもなく、新米冒険者のミトロフに。

自分が何者であるかは、自分にも分からない。

最初は楽しんでいた帳簿付けも、繰り返す毎日で金の増減に気を取られるうちに、心がさもしくなってしまったように感じることもある。明日はよくともひと月後は分からない生き方というのは、自由と呼ぶべきか悩ましい。

だが、今はこれがミトロフの生き方である。

己の腕で小さな金を勘定し、明日、来週、来月をどう生きるかを勘案する。

しかし真剣に励んでいれば、自分が生涯をかける価値があると信じるものが見つかるだろう。

今の自分は、これでいい。これがいい。先のことは分からないが、今日という一日に命を燃やすことが、自分を正気にさせてくれる。暗い部屋の中で丸くなるよりも、ここに立っている自分のことを誇ることができる。

今の自分は間違っていないのだと、証明したい。

剣がいる。

自分の剣を取り戻さなければならない。

敗北した自分を受け入れ、立ち直り、自分はもう逃げないという覚悟を固めるためにも、あの〝魔族〟と——山羊頭の老婆と、もう一度、戦わねばならない。

あれは雷を模した魔法を使う。当たれば痺れる。

避けねばならない。だが、雷を避けられるのだろうか。

いや、そもそも雷とはなんだ？

ミトロフは顎肉をつまんで首を傾げた。

「ふむ……まずは情報を集めるべきか」

分からないなら調べるまで。調べるための場所は、幸いにも知っていた。

10

古い言葉で〝叡智《えいち》を置く場所〟と名付けられた建物がある。国が管理する大書庫だ。屋内に見上げるほどの書架が並んでいる。

街人であれば誰でも利用はできるが、出入り口には衛兵が立ち、入るにも出るにも手荷物を検査される。

本は高級品だ。盗むことだけでなく、汚すことにも傷つけることにも罰則は厳しい。手が汚れているだけで入ることは許されない。街人は〝紙の王の宮殿〟などと言って揶揄《やゆ》するほど、規則に支配された場所であった。

屋敷に住んでいたころは屋敷の中に書庫があり、そこで手ごろな本を見つければよかった。なにか新しいものが欲しければ商人に持って来させた。

それも今は遠い昔。本が読みたいと思ったときには、本のある場所に自分で行かねばならない。

ミトロフは期待外れだった本を棚に戻し、また次の本を探して、書架の間をゆっくりと歩く。

取り扱われている項目ごとに書架は分けられているが、ミトロフの求めるような本はなかなか見つからなかった。題名を流し見しながら、手がかりを求めて数冊を取ると、閲覧席に足を向けた。

大書庫の閲覧席に座る人は多くない。浴場のほうがよほど賑わっているだろう。街の喧騒《けんそう》を壁の向こうに、静けさと青い影が敷かれた空間の中で、ミトロフは古びた紙のかび臭さを鼻に感じていた。

手ごろな席に腰を落ち着け、本を開こうとしたとき、正面の椅子を引いて座る者がいる。ミトロフが顔を上げると、それは緑のローブで顔を隠したブラン・マンジェだった。

「どうしてここに」ミトロフは目を丸くした。

「迷宮の外に出られたのか、ですか？　ええ、たまには出ますよ」冗談めかした口調。

「……ぼくを探していたのか？」

「用事の帰りにたまたまお見かけしただけです。新しい剣はないのに、冒険に向かう装いをしていますね。取り返しに行くおつもりですか？」

とっさに誤魔化そうかと考えたが、ミトロフは正直に頷いた。ブラン・マンジェの正体は知れないが、貴族に近しい機知と慧眼《けいがん》を持っている。自分のやろうとしていることは見抜かれているだろう。

「あの剣はかけがえが無い。それに、ぼくは負けず嫌いなんだ」

「もう少しお待ちなさい。私が取り返します」

「きみも戦うつもりか？　ひとりで？」

ミトロフの問いにブラン・マンジェはただ頷きを返した。

「無謀だろう。あれは……強敵だ」

「だからこそ私が相手となるのです」

「なんだってそうなる？　あれは〝守護者〟みたいなものだろう。ギルドが正式に討伐依頼を出せばいい。挑みたがる恐れ知らずの冒険者はいくらでもいる」

「恐れ知らずで能力のある冒険者というのは貴重なものですよ。それはギルドにとって資産であり、失いたくはないものでしょう」

「冒険者には勝てないとでも？」

「いいえ。勝てます」とブラン・マンジェは軽く答える。「だから問題なのです」

含みのある言い方にミトロフは眉をひそめた。

ブラン・マンジェはテーブルの上に右手を置いた。何も言わずに革の手袋を外し、その手を剝《む》き出しにした。ミトロフは目を見開く。

裾から覗く手首から指先までが赤黒く変色していた。生気が感じられず、その腕は死者のものにすら思える。

「魔物を倒せば、冒険者は〝昇華〟します。一説では、魔物の力を吸収した魂と肉体が変質するからだ、と。では、魔族を討った者はどうなると思いますか？」

「……魔族の力を吸収する、と？」

ブラン・マンジェは手袋を嵌《は》めなおした。

「魔族の持つ汚れた魔力は身体を蝕み、それは呪いとなります。ただの人間であれば強く影響を受け、その存在は歪《いびつ》に変質するでしょう。ゆえに冒険者は魔族を倒してはならない」

「待て。きみは以前にも倒していると言ったろう」

「私はただの人間ではありません。だからこの仕事を任されているのです」

ブラン・マンジェはローブをわずかに上げた。普段は隠されている影の奥に、その顔が見えた。

ミトロフは息を呑む。

黒い髪、褐色の肌、そして赤い瞳。亜人種の中でもその特徴を持つものはひとつしかない。

「きみは不死族の者なのか」

「伝承と違って殺せば死にますけどね、実際は」とブラン・マンジェは笑う。

不死族こそ、かつては魔族とも呼ばれ恐れられた亜人種である。人の魂を食う、出会えば死を招くと噂されている。聖書に記された禁忌の一族……迫害の対象とされ、多くが殺され、生き残った極少数が辺境に暮らすという。

「どうしてぼくに打ち明けた？　容易い秘密じゃないはずだが……」

「でないと行くでしょう、戦いに。これは私なりの親切心です。魔族に勝ったところで、あなたの虚栄心が満たされるだけ。代わりに得るのは生涯解けぬ魔の呪いです。おやめなさい。いいですね？」

フードを深く被り直し、ブラン・マンジェは立ち上がる。

「きみこそ、どうして戦いに……いや、ギルドに命じられているのか？　迷宮の人々のために？」

ミトロフの中で思考が繋がった。迷宮の中に住む人々の存在を、ギルドは認知している。それは〝アンバール〟と呼ばれる希少な資源の採掘のためだと思っていた。だが、金になるならギルドは迷宮の人々に任せず、自分たちで取り仕切ればいい。それでも迷宮の人々との共生を選んでいるのは、利点があるからだ。

「きみの口ぶりでは、魔族は定期的に現れるんだろう……しかし冒険者が倒せば呪いを受け、ギルドは有力な手勢を失う。だから冒険者でなく、ギルドが失っても良いと考える存在——迷宮の人々に、討伐させている？」

「……代わりに、私たちは居場所を得る。迫害されず、生きていけるわずかな空間を。愚かだと思いますか？」

ミトロフは答えられなかった。ただ、その生き方の苦しさに胸が詰まった。

「私たちは自分の居場所を守るために戦うのです。だから手出しは無用。剣はまた届けましょう」

優雅に一礼をしてブラン・マンジェは去っていった。その後ろ姿をミトロフは見送る。

彼女もまた、誰かのために戦っているのだと思った。グラシエも、ラティエも、サフランも。誰かを守るために生きている。居場所を守るために剣を握っている。

だから、強い。

自分ひとりでは立ち向かえないようなことにも挑めるのは、心がひとりではないからだろう。背負っている重みが違う。ならば歩みは力強くなる。

ぼくは、どうだ。なんのために戦う。何を背負って立ち向かう。

わからなかった。けれど、挑むべきだと分かっていた。それを見つけるためには迷宮に向かうしかない。恐れて閉じこもったベッドの中では何も見つからないことだけは知っていた。もう二度と、あの時間を繰り返したくはない、とミトロフは思っている。

11

それは〝錬金術師〟が著した書物であるらしい。知識と魔力によってこの世の事象を操作する〝魔法使い〟に対し、知識と観察によって世界の構成を分析するのが〝錬金術師〟だ。

鉄や銅から金銀といった希少金属を生み出そうとした話は有名だが、人の病は〝細菌〟という目に見えぬほど小さな生物の影響であるなどという主張をしたことで、治癒の奇跡を扱う教会から邪教とまで呼ばれたという歴史を学んだことがある。

総じて〝錬金術師〟と呼ばれる人々は、この世界をこれまでとは別の視点で解釈することを目的としており、それを彼らは〝科学〟という新しい学問であると自称している。

ミトロフは急いでページを捲《めく》っていく。興味深い項目は多いが、求めているのは〝雷〟についてだった。

これまでの何冊もの本では、雷への知見は得られなかった。そもそも雷についての言及は薄く、あったとしても宗教上の逸話などに絡められており、〝雷〟そのものについては書かれていない。

ミトロフが求めているのは、宗教学者による『聖書における雷の象徴的な役割について』ではなく、現実問題として『雷をどう防ぐか』だった。

そのために必要なのは、雷が神の力の具現化であるという神話ではなく、嵐の夜に光り轟音《ごうおん》を発する天候の現象としての雷の知識だ。

幼いころから家庭教師が傍《そば》に立ち、望まずとも学ぶことを身につけさせられたミトロフは、物事を考えるための知恵の土台を手に入れていた。

生きることだけで精一杯の日々で、考えること、知識を得ることは贅沢《ぜいたく》である。貴族という生まれの余裕のために、ミトロフは〝雷とは何か〟という問いを持つことができる。

そしてついに、雷について書かれたページを見つけた。初めのうちはただ眺めるように目だけが文字をなぞっていたが、いつの間にかのめり込むように読んでいた。

ページを読み終えると、ミトロフは「ほう」と息をついた。〝錬金術師〟の研究は、ミトロフが求めていた答えの一端を提示してくれたのだ。

「雷とは〝デンキ〟のこと、か」

冬に羊毛の服を着て金属のドアノブに触れるとき、手にばちりと痺れが走る……それが〝デンキ〟であるという。

この本を書いた〝錬金術師〟は、嵐の日に凧《たこ》をあげたらしい。凧糸に金属の鍵を通していたことで、その鍵を通じて〝デンキ〟が流れた……ゆえに〝雷〟とは決して〝神の力〟などではなく、巨大な〝デンキ〟の塊である、と。

その断言ぶりは清々《すがすが》しいほどだったが、ミトロフですら眉根を寄せてしまうものはある。

腹の底を震わせるような雷鳴と閃光は、神々しさを纏った畏れを感じさせる。人知を超えた力の奔流に間違いなく、あれは〝神の力〟だと信仰する気持ちが理解できるのだ。

この〝錬金術師〟が書くところでは、雷は地面から突出した物を目掛けて落ちる性質があるらしい。教会の尖塔や城に落雷が起きやすいのはそのためだと。

古来より落雷で破壊されてきた家屋は数知れない。それを防ぐためにこの〝錬金術師〟が考案したというのが……。

「これが……なるほど……興味深い……」

手書きの絵があり、説明はわかりやすい。それが果たして効果があるのかは試してみなければ分からないが、無策で挑むよりは期待が持てるだろう。

ミトロフは内容を繰り返し読んで頭に入れると、本を閉じて作者を確認した。

「ベンジャミン・フランクフルト、か。覚えておこう」

ミトロフは本を書架に戻すと、雷対策のための道具を求めて街に繰り出した。

12

「ああ？」

と、武器の一切を取り扱うグラン工房の店主、ドワーフのグラン・ゴルトは、徒弟の少年ジャックを見返した。

眉間をぐっと寄せて見返す眼光は鋭く、不機嫌に睨《にら》みつけているようにしか見えないが、それはグランの癖だった。年中、輝くほどに燃え盛る炉を見据えているために視力が落ちている。

それを知っているジャックも、グランの視線や返答に怯えることも無くなった。気難しい面はたしかに多いが、グランという鍛冶師を尊敬している。

とはいえ、彼が接客に向いていないことは明白で、剣を打ちたくて弟子入りしたはずなのに、いつからか鉄の扱いよりも先に、客の扱いの全般を任されるようになってしまった。

信頼されることは嬉しいが、時折、客の変わった要望をグランに伝えなければならない時もあり、そんな時には、ジャックの気持ちもいくらか滅入《めい》る。

鉄を扱うドワーフは、人間が想像するよりもずっと矜持を持っている。自分が納得しない仕事なら絶対にしない。時間と費用がどれだけ掛かり、待ちかねた他の客から炉にくべる木炭の束ほどの苦情が来ようと、一顧だにせず一本の短剣に専念し続けることもある。

ジャックはおずおずと、もう一度、客から要望されたものを伝えた。

「ああ?」

返事は同じだった。ジャックは眉尻を下げて泣きそうになった。

それもこれも、あの客のせいなのである。滑らかな肌に、艶やかな髪、そしてふくよかな身体。衣服は町民と同じでも、生まれ育ちはどう見ても金持ちだ。常連客の中では新しい顔で、冒険者としては珍しく刺突剣を使っている。

金持ちの若者が道楽で迷宮に潜っているのかと思っていたが、定期的に研ぎや手入れに持ってくる剣は、その度に使い込まれているのがわかる。そういう〝使われる剣〟を整える仕事が、ジャックは好きだった。

それがどうしたことだろう。今日は剣もなく、話を聞いてもよく分からない道具をこしらえてほしいと言う。それがどうしても必要なのだと。

グランは絶対に断ると分かっていながらも、押しの強さに負けてこうして話だけはすることになってしまった。

「そういうのはうちじゃやってないと言ったんですが、すみません」真っ直ぐに目を見返してくるグランの眼光に、ジャックは言い訳を返した。「武器じゃないですし、頼まれたって作れないですよね」

ははは、と笑ってみたが、グランはちっとも笑わなかった。

「作れねえものはねえ」

「あ、はい。そうですよね。そうでした」

「んなもんで、何をするってんだ」

おや、とジャックは首を傾げた。興味を惹《ひ》かれるものがあったのだろうか。ジャックは先ほどそこで面白い冗談を聞いたのだというふうに、半笑いで言葉を伝えた。

「それがなんでも、雷を捕まえるんだとか」

「――へえ？」

グランは眉を上げた。彼がわずかでも感心した表情を見せるのは数ヶ月ぶりのことだった。

「雷か。そいつは良いな」

グランが口に出して何かを褒めるのは、数年ぶりのことだった。

雷という言葉に惹かれたのだ。今まで思い出しもしなかったというのに、熾火《おきび》に息を吹きかけたときのように急激に記憶が込み上げた。

グランが住んでいた里には、シャーマンと呼ばれる老婆がいた。ドワーフではなく、エルフでもなく、人間でもなく、獣人でもない。それでいて、グランが子どもの時にはすでに老婆で、青年となって里を出る時にもまだ、老婆のままだった。

里の外れのボロ屋に住み、獣の血と薬草を使って、病の治療から天候の占いなどを任されていた老婆は、不気味さに畏れを抱かれながらも、里の者たちに頼りにされていた。

ある夜のこと、シャーマンは焚《た》き火《び》で薬湯を煮ながら、グランに雷と精霊について語った。

老婆の腰は曲がり、前歯は抜け落ちている。左の瞼は閉じ、右目だけが理知的な光でグランを見返していた。

自分がなぜこれほどに強い力を得ることができたのか。それは雷に祝福されたからだ、と。雷に打たれながらも生き残った者には〝雷鳥の祝福〟が刻まれるという。それは巨大な鷲《わし》の姿をしていて、稲光と雷鳴の精霊である。

老婆はかつて雷に打たれ、眩《まばゆ》いほどの光の中で鷲の姿を見た。鷲は老婆の肩にとまり、左目を突いた。そして飛び立った。

目が覚めると、老婆の左目は視力を失っていたが、代わりに光に溢《あふ》れた世界を見られるようになった――。

歯がないために不明瞭で、喉でかすれた聞き取りづらい高音。しかし朗々と語る声と、火にゆらめく老婆の黒い影。遠い山間《やまあい》に雷鳴が響いていた。まるで自分は世界の神秘の一端を聞かされているのではないかと、胸を打つ不可思議な感覚。

その日からしばらく、グランは嵐がくるたびに丘に出かけたものだった。雷に打たれようとしたのだ。父に殴られてもやめなかった。結局、雷鳥の祝福はグランには縁がなかった。

グランは思い出から意識を戻すと、手入れをしていた鍛冶道具の上に布を被せ、立ち上がる。

「雷か。そいつは良いな」小さく繰り返すと、店の表に向かう。

「え、う、受けるんですか！」

戸惑いと驚愕でジャックは悲鳴のような声を出した。どう見たって酔狂である。生真面目なほどの頑固さを持つグランが、どうして興味を抱いたのか、ジャックにはさっぱり分からなかった。

13

メルンという名前を、本人は気に入っていない。唇を弾くように発音する〝メ〟には慎《つつ》ましやかさというものがない。メルンは自分の性格とはまるで正反対だと思っている。

〝メルン工房〟という名前は、元々は祖母が名付けたものだ。メルンが生まれた歳にこの店を開業し、孫の可愛《かわい》さ余ってその名前をつけた。自分の名前がついた店がある以上、メルンが跡を継ぐのは生まれた時からの定めだったと言えるだろう。

幸い、メルンには才能があった。控えめで辛抱強く、忍耐と沈黙を美徳と心得ていると自負しているメルンは、押しが強くわがままな冒険者を相手に、苦労を重ねながら防具を作って生きてきた。

メルンの人生には迷宮が深く関わっている。迷宮とは富と名声の埋まった金鉱だった。食うに困った農民や、貧しい家族、一攫千金《いっかくせんきん》を夢見た若者がそこら中から集まり、迷宮に挑み、そして多くが死んでいった。メルンが作った防具と共に、死んでいった。

メルンは負けず嫌いだった。

だから防具をさらに作る。より良い革を、より洗練された型紙を、針と糸にすら質を求め、寝る間も惜しんで作り、修復し、そしてまた作る。この仕事は冒険者の命と、未来を守る仕事だと信じていた。

いつしか時代は変わった。

若く美しく花も恥じらう少女だったメルンも、見識と分別を弁《わきま》えた老婦人となった。

冒険者も昔ほど荒くれてはいない。命を賭けてひとりで突っ込むような馬鹿はめっきりいなくなった。集団で、安全と効率を優先し、ただ金を稼ぐ仕事として、迷宮に行って、帰ってくる。

メルンの防具は評判がいい。糸にまでこだわった品質の良さに、冒険者は気に入ったと買っていく。手入れのために防具が戻ってくると、傷は少なく、オイルが塗られた跡もないことがある。

良いことだとメルンは思う。

傷も怪我も負わないで探索がうまくいく。それが一番だ。

けれど、もし誰の目もはばからず、主と精霊が見逃してくれるのであれば——張り合いのないことだ、とため息をつく。

傷だらけになりながら戻ってきた山のような防具を前に、沸き立つ満足感と、燃え上がるような熱情を針に込める遠い日の思い出を、メルンはどこか恋しく思う。

「馬鹿なことさね。嫌な歳の拾い方をしちまった」

メルンは鼻を鳴らして針を置き、縫い合わせた革の具合を指で確かめる。作業台の傍には革鎧《かわよろい》の一式が組み上がりつつある。良い仕事だ。けれど。

「——ああ、退屈だ」

ぼそりと漏れた本音に、メルンはどっと疲れを感じた。

これこそが老いだろうか、と。老眼鏡を外して目頭をつまんだ。もう若くはない。そんな当たり前のことが実感として身体に纏わりついていた。

今日は店を閉めて休もうかね……と、ため息をついたとき。

店の扉が開き、ここ最近になって馴染みつつある声が聞こえた。物おじしない態度。どう見たって貴族の坊ちゃんのくせに、どうしてか迷宮に潜っている少年である。

少年はメルンを見つけると、手に持った奇妙な道具を指差しながら、ああだこうだと注文をつける。

「ええい、うるさいねあんたは！　何をしようってんだいっ！」

またわけの分からない依頼が来たね、ああ、なんて疲れるんだろう！　少しはゆっくりさせてほしいもんだ！

メルンは少年が何が求めているのか、その要望を聞き出していく。

「はあ？　なに？　雷を捕まえたい？　あんた、気は確かかい？　迷宮で？　雷を使う魔物？　なんだそういうことかい。だったらお誂《あつら》え向きの素材があるよ」

まったく、若さってのはこういうもんなのかね。やりたいという気持ちだけで、どう現実にするかなんて考えちゃいない。自分の身の丈以上のことをしようとするから、いつも強敵と出くわすんだ。この前のガントレットの修復なんかはちょっとした仕事になっちまったよ、あのときはしばらくぶりに特製の硬化剤を調合して——。

メルンの背筋はいつの間にかしゃんと伸びている。口調は荒っぽく、それでいてどこか、熱がこもっている。

第三幕　太っちょ貴族は喰らう

1

グラン工房とメルン工房を頼って、雷対策の道具が完成したのは、すでに宵も過ぎたころだった。

迷宮内の通路をこそこそと歩きながら、ミトロフは手に持った道具を作るのに掛かった費用を暗算している。本体を頼んだグラン工房よりも、加工を頼んだメルン工房での出費の方が大きかった。

技術料はもちろんだが、素材に大半の銀貨を吸われたのである。メルン工房の倉庫で埃《ほこり》をかぶっていた素材は、滅多に出番はないが貴重なもので、奇《く》しくもミトロフが求める要素をピッタリと満たしていた。

メルンもまた、この素材以外にはありえないと太鼓判を押すために、予算を大きく上回るのを飲み込んだのだ。

〝錬金術師〟の本に記された道具が、果たして本当に効果があるのか、ミトロフには確信がない。もしかするとまったくの役立たずになる可能性すらある。それでも、他に活路はないような気がしている。これは崖の縁に掛けた指だった。もし駄目なら落ちるしかない。

通路を歩く魔物たちを慎重に避け、時に回り道をしながら進む。目的地はもちろん〝守護者〟の部屋だった。

ブラン・マンジェが〝魔族〟と呼んだあの山羊《やぎ》頭の老婆は、明らかに強敵だった。

もちろん夢想はする。ここ数日、ベッドの中でも、風呂の中でも、食事をしながらですら、あの強敵を鮮やかに、軽やかに倒す自分の姿を何度思い描いただろう。

自分には力があると信じたい。これまでにも強敵を倒してきた。生き残ってきた。自分には力があると示したい。自分を誇りたい。だが、今はそんな欲を無視しなければならない。自分はただ剣を取り戻したいのだ。

大切なものを置いて、ミトロフは逃げてしまった。

ラティエの言葉がミトロフの脳裏から離れないでいる。

――彼が逃げ出さないとどうして言い切れるの……。

自分の半身とも言える剣を置き去りにしたままでは胸を張れない。

ブラン・マンジェは待っていろと言った。代わりに剣を持ってきてやると。だが、それを受け入れるわけにはいかない。自分で取り戻してこそ意味があるのだ。

階段を過ぎていく。

短剣と道具とガントレットを駆使して魔物をいなし、先行する冒険者パーティーの後ろを歩きながら地下五階まで降りて、ようやく〝守護者〟の部屋につながる広間までやってくると、予想外の姿が駆け寄ってきた。

「アペリ・ティフ？　どうしてここに」

小柄な体躯《たいく》に、頭には獣耳。獣人の少女は迷宮で秘密裏に暮らしている〝迷宮の人々〟の一員だ。

ミトロフとブラン・マンジェを引き合わせてくれたのは他でもない彼女だった。

アペリ・ティフはミトロフの顔と〝守護者〟の部屋とを交互に見る。

「ミトロフ……助けてほしい」

「なにがあった？」

アペリ・ティフの眉尻は下がり、手は胸の前に重ねられている。不安と恐怖を耐える様子からは、ただごとではないと分かる。

「〝長《おさ》〟が、中に。でも、〝長〟は元気じゃない」

「ブラン・マンジェはもう中に入っているのか」

大書庫で話したときには今日中に決着をつけるような口振りだった。ミトロフも間に合わせようと急いだのだが、出遅れたらしい。

アペリ・ティフの後について、ひとりの男が歩み寄ってきた。前にも顔を見たことがある。ブラン・マンジェから〝アンバール〟を買い求めていた商人だ。

「……ポワソン、と言ったか？」

「おう、前にも会ったな。何の用か知らねえけど、〝長〟は取り込み中だとさ」

ポワソンは肩をすくめた。アペリ・ティフの切羽詰まった様子と比べれば、あまりに軽薄に見える。

「どうしてここに？」

「どうしてって、商売だよ。顧客に〝アンバール〟が欲しいってせっつかれててね。なんとかしてもらおうって思って来りゃ、〝長〟はお仕事だって言うし。じゃあ終わるまでお待ちしてますってここに来てみりゃ、どうも怪しい雲行きだ。こりゃ代替わりかもしれねえなあ」

と首をかくポワソンには、すっかり事情を悟っているような余裕が見えた。

「代替わりとはなんだ？」

「なんだって、そのままの意味だよ。〝ブラン・マンジェ〟ってのは、代々の〝長〟の名前でな。〝魔族〟やら〝赤目〟なんかを見つけてはさっさと始末する仕事を任されてたんだよ。でもまあ、〝先代〟は有能だったが、〝今代〟の評判はイマイチってとこだな」

「〝長〟はイマイチじゃない！　何も知らない人間が侮辱するな！」

牙を剝《む》いてアペリ・ティフが語気を鋭くした。

ポワソンは「悪かったよ」と三歩ばかり後ろに下がる。

「〝長〟はいつもひとりで戦ってる。男たちが〝下〟に連れて行かれたから、ひとりでいっぱい戦って、疲れて、怪我《けが》もしてる！　今も戦ってる！　冒険者のために！」アペリ・ティフは声を荒らげ、ミトロフの袖を摑《つか》んだ。「ミトロフ、〝長〟を助けてほしい。大切な人だから、いなくなってほしくない」

頭を下げたアペリ・ティフを前に、ミトロフはぐっと息を詰めた。アペリ・ティフの肩に手を置く。

「分かった。任せておけ。ブラン・マンジェは連れて帰る」

「……ほんとう？」

「本当だ」

ミトロフを見返すアペリ・ティフの顔は、母を見失った幼子のようだった。

彼女の恐怖とは、ブラン・マンジェが戻ってこないことだ。自分の全てを受け入れ、愛し、守ってくれる存在を失うこと——その気持ちが、ミトロフには分かる。グラシエを失うことを恐れるラティエの気持ちも。

「今から行ってこよう。アペリ・ティフはここで待っていてくれ。なに、すぐに戻るからな」

ミトロフは〝守護者〟の部屋に向かって歩き出す。

「あれだね、見栄《みえ》を張るってのも大変だね」

横目で見れば、ポワソンがいる。

「断っても別に誰も責めやしないよ」と彼は言った。

ミトロフは言い返そうと顔を向け、ポワソンの表情が茶化すものではないと気づく。

「冒険者ってのは命を賭ける。賭ける相手と時は、慎重に選ばなきゃならない。だろ？ 可哀想《かわいそう》な女の子に頼まれて強敵に挑む——良い話だ。でもお前さ、死ぬ覚悟はできてんのか？ 勇ましい奴《やつ》から死んでいくのが迷宮だぞ」

ミトロフは足を止めた。目の前にある扉を見上げる。この向こうに行けば、死ぬのだろうか。

死ぬ？ 死ぬとは、なんだろう。

実感がなかった。ミトロフはまだ死んだことがない。実感が湧いたときにはきっと、死んでいる。なら、そうか、実感があるわけもないか。

「逃げてもいいのだろうか」

「逃げてもいいいね」

「逃げるべきだろうか」

「生き残りたきゃな」

「そうか」

ミトロフは頷《うなず》き、腰元の鞄《かばん》を探った。取り出したものをポワソンに突き出した。

「お前、これ」

「大事にとっておいた最後の〝アンバール〟だ。これをやる。代わりに頼みを聞いてくれ」

「……一緒に中に入れってんなら、断るぞ」

「一緒に来られても迷惑だ」

ミトロフは代わりの頼みを言った。ポワソンは肩を竦《すく》め、頷いた。差し出した〝アンバール〟を受け取らず、踵《きびす》を返した。

「持って行かないのか」

「これでも商売には矜持《きょうじ》を持ってる。契約達成の証《あかし》にもらうさ」

ミトロフは目を見開き、それから笑った。

「なんだ、良い商人じゃないか」

「そうだろ。剣は持てないけどな」

目線を交わして、ミトロフとポワソンは同時に背を向けた。ポワソンは通路に、ミトロフは部屋に向かって駆け出した。

2

部屋の中は明るくなっていた。壁に据えられたいくつもの燭台《しょくだい》には青い炎が灯《とも》っている。魔力の火だ。古《いにしえ》の叡智《えいち》によって形作られた迷宮が、どんな仕組みで、いつ動作するのかを理解しているものはいない。しかし今、迷宮はこの部屋を灯すことを選んでいる。

部屋に入ったミトロフは、すぐにブラン・マンジェの後ろ姿を認めた。

生きている。まずはそれで息をつけた。部屋の中ほどに立っている彼女にミトロフは駆け寄った。

「ブラン・マンジェ、無事か！」

声に驚き、彼女は背後を振り返った。

「ミトロフさん？　あれだけ注意したでしょうに」

「忘れ物を取りに来たら、アペリ・ティフに頼まれてな」

「あの子が……いえ、それよりも早く――」

そのとき、ブラン・マンジェの上空にばちり、と光の枝が生まれた。

ブラン・マンジェが見上げ、顔を顰《しか》めた。その脚は動かない。ミトロフはすでに包みを開いていた。グランが組み上げたその〝鉄の棒〟は、簡易的な折り畳み式になっている。それを組み立て、真《ま》っ直《す》ぐに上空に掲げた――刹那、空気が弾《はじ》けた。

雷が落ちる。

ブラン・マンジェを狙っていた雷光は、その半ばで奇妙に折れ曲がった。

「――上手《うま》くいったぞ！」

ミトロフが快哉を上げた。雷はミトロフが掲げた鉄棒に〝捕まった〟のだ。

「それは、いったい」

戸惑うブラン・マンジェに、ミトロフは自慢げに宣言する。

「これは――〝避雷針〟だ！」

ミトロフの持っている鉄の棒は、普通の剣の二倍近くある。重さを減らすために中は筒状になっており、半ばに作られた輪からは鎖が地面まで長く伸びている。避雷針に落ちた雷は、金属の鎖を伝って地面に流れていったのだ。

これが〝錬金術師〟の考案した、雷を捕まえる道具だった。本来は家屋の屋根に据えることで建物の被害を抑えるのだが、ミトロフはそれを自分で持つことにしたのである。

持ち手には、雷に強い耐性を持つという〝デンキナマズ〟という魔物の皮を巻き付けている。それはしっかりと効果を発揮しているようで、ミトロフは少しも手に痺《しび》れを感じない。

「大丈夫だ！　これがあれば勝てるぞ！」

ミトロフは意気揚々と呼びかける。

「……それは良かった。でしたら、どうかそのままお逃げください」

「なにを」

見返して、ミトロフはブラン・マンジェの脚に気づいた。ローブの裾は焼け焦げ、炭のように崩れている。ズボンもブーツも焦げ、おそらくは身体《からだ》のあちこちにも傷を負っているだろう。

察したミトロフに、ブラン・マンジェは優しく声を掛ける。

「助けに来ていただいたことには感謝しています。正直に申しますと、もう右脚が動きません。あの〝魔族〟は想像を超えて厄介です――人間のように狡賢《ずるがしこ》く、雷は避《よ》けられない。あなたはギルドに帰って対策を――」

再び、雷撃。横合いから飛んできたそれを、ミトロフは避雷針で搦め捕った。荊《いばら》の枝が鉄棒から鎖にまとわりつきながら地面に流れた。

ミトロフは眼光鋭く見据える。部屋の柱の陰に、あの山羊頭の老婆がいた。柱にも壁にも黒い焦げがある。炎の刃《やいば》を生むブラン・マンジェの戦った跡に違いない。

山羊頭の老婆は物陰を活用して攻撃を避けながら、雷撃を撃ち込んできたようである。それは明らかにただの魔物とは違った。ただ襲いかかってくるだけの物ではない。知性があるのだ。

覗《のぞ》き見るように姿を現した山羊頭の手に、ミトロフは自分の剣を見つけた。以前握っていた古い剣は捨てたらしく、今ではミトロフの刺突剣を杖《つえ》代わりにしている。

ミトロフは唇を噛《か》んだ。だが、取るべき選択肢は決まっていた。

「撤退しよう」

山羊頭から視線を外さず、ミトロフはその場にしゃがんだ。

「乗るんだ。避雷針がある。雷は怖くない」

「……頼もしいお背中ですこと」

軽口と共に、ブラン・マンジェはミトロフの背に身体を預け、太い首に腕を回した。

ミトロフは片手でブラン・マンジェの脚を抱え、おんぶして立ち上がる。傷に響くのか、ブラン・マンジェが小さく呻《うめ》いた。

強い〝デンキ〟が人の身体に流れたとき、致命的な傷を与えるのだと、ミトロフは本で読んでいる。それは人の血を沸騰させ、皮膚を焼き、神経を麻痺《まひ》させ、ついには心臓を止めるのだと。できるだけ早く彼女を施療院に連れて行くべきだろう。

ミトロフはゆっくりと後退《あとずさ》りをする。

山羊頭の老婆は姿を現し、手に持ったミトロフの剣を掲げた。

雷撃。

ミトロフは右手で避雷針を掲げる。雷撃は真っ直ぐに鉄の棒に吸い取られ、長く垂れた鎖を通じて地面へと流れていった。

よし、とミトロフは頷く。効果がある。これなら問題なく逃げられる。後退りをするように下がり、扉までもう少し――と、その時。
ガ、ガ、と。ミトロフが開けておいた扉が自然に閉まった。
「なに!?」

外から閉められた、と推測し、そんなわけがないと否定する。外にいるのはアペリ・ティフだ。

「……困ったことになりました」耳元でブラン・マンジェが言った。「〝守護者〟の部屋は、挑戦者を逃さぬように扉が閉じられるようになっているんです」

「なんだその呪いの部屋は。待て、前回は普通に逃げられたぞ」

「守護者が不在だったことで、部屋自体も機能が停止していたのです」

「……それが動き出したということは、つまり」

言葉の続きを、ミトロフは口に出せなかった。想像するだけで寒気がする。だが、口にしなければ現実が変わるわけもない。

部屋の中央に青い光が集まり始めていた。それは部屋を囲う壁に据えられた魔力の篝火《かがりび》から飛んでくる。やがてそれは渦となる。

青い渦穴から、手が出てきた。這《は》い出てきたのは〝ゴブリン〟である。ただしその体格は比べ物にならぬほどに変わっていた。トロルのように巨体だが、脂肪は見られない。身体には革鎧《かわよろい》を纏《まと》い、手には幅広の鉈《なた》を。そして人間の兵士と同じように鉄兜《てつかぶと》を被《かぶ》っている。

「――〝新しい守護者〟が生まれたということです」

ブラン・マンジェの口調は、ひどく静かだった。ただ現実を見据え、受け入れている。それゆえにミトロフもまた、冷静にそれを見つめることができた。

屈強なゴブリンの尖兵《せんぺい》……ゴブリンソルジャーは、この部屋の新たな主だ。〝守護者〟の名を冠する力を持っているだろう。

そして傍《そば》には山羊頭の老婆がいる。自由に雷を扱い、知性を持ち、攻撃を通さぬ霊体。

片方だけでも手に余る。それが二体いる。退路は封じられ、ブラン・マンジェはろくに動けず、ミトロフは剣すら持っていない。

どう、切り抜ける？

ミトロフの問いに、返ってくるのは空白だった。なにも思いつかない。活路がない。

死の実感がミトロフの足を摑んでいた。

3

頭上から落ちた雷撃が、ミトロフの意識を呼び戻した。咄嗟《とっさ》に鉄棒を振るって雷を摑む。

ハッと呼吸をする間にゴブリンソルジャーが動き出していた。ミトロフは背後の扉を諦め、ゴブリンソルジャーとの距離を保ちながら、山羊頭の老婆から離れるようにして右に回る。

とかく、避けるための場所がいる。近づくのも恐ろしい。

「ブラン・マンジェ、良い案はあるか。どうすれば部屋は開く？」

「守護者が死ぬか、挑戦者が死ぬか。どちらかです」

「外から開ける方法は？」

「聞いたことがありません」

「だったら、勝つしかないな」

「……そうですよ。勝つしかありません」

ミトロフの強がりを、ブラン・マンジェも分かっている。耳元の力の抜けた笑いに、ミトロフは歯を噛んだ。

大股で駆け寄るゴブリンソルジャーに追いつかれ、ミトロフは覚悟を決めた。足を止めて向かい合い、その動きを見極める。

思考の静寂がやってくる。〝昇華〟によって得られた精神力の強化に、ミトロフは慣れつつある。まるで自分ではなくなるような思考への没入感を恐ろしくも思うが、今ばかりはこれに頼るしかない。思考の変質を受け入れ、ミトロフはただ眼前に集中する。

ゴブリンソルジャーは鉈を振り上げる。腕には可動域があり、肩から頭上に振り上げた腕が描く軌道は限られる。いくら巨体になろうと骨格は変わらない。

鉈が振り下ろされ、ミトロフはその軌道を避けた。すぐに駆け出して距離を取る。

その最中に、光。横手に突き出した避雷針に雷が噛みついた。山羊頭の老婆はこちらの隙を狙っている。

呼吸を合わせているわけではないだろう。ゴブリンソルジャーには山羊頭の老婆ほどの知性は感じられない。〝魔物〟が本能のままに暴れているその合間に、〝魔族〟が意図して雷を飛ばしてくる。

「まったく、厄介なことだな……ッ！」

ブラン・マンジェを背負ったまま、ミトロフは山羊頭の老婆に向かって走る。どちらかを仕留めてしまえば活路は生まれる。

一直線に走るミトロフに雷撃が向かう。避雷針で受け止める。地面を引きずられる鎖が煌《きら》めいた。

山羊頭の老婆は首を傾《かし》げ、ふわりと浮いた。襤褸《ぼろ》の外套《がいとう》の裾が広がる。その中には暗闇だけがあって、肉体は見えない。宙を滑るようにして下がって行ってしまう。手にした刺突剣の先が地面を擦《こす》っていく。

「おい！　地面に当てるな！　切先は繊細なんだぞ！」

「ミトロフさん、今はそれどころではありませんよ」

首に回されたブラン・マンジェの手がトントンと叩《たた》く。振り返ればゴブリンソルジャーが突進してくる真っ最中だった。

「くそったれ！」

「お口が悪いです」

「淑女の前で失礼したッ！」

焦るべき状況ではあるが、ミトロフの思考は平常である。焦りや怒りによって隆起した感情は、爆発する前に波を引く。

冷静な判断がミトロフをその場に留《とど》め、ゴブリンソルジャーをじゅうぶんに引きつけてから、軽やかに躱《かわ》すことを選択させた。

ゴブリンソルジャーはすぐには止まれず、壁に頭から突っ込んだが、気にした様子もなく上半身を振って土を払い落とす。

細やかな休憩の合間に、ミトロフは呼吸を整える。平常な精神によって避けることは可能だが、身体が追いつかなくなればどうにもならない。体力という資源を貴重に使う必要がある。

「――降ります」

「なに？」

背中でもぞもぞと動き、勝手に降りようとするブラン・マンジェの脚を、ミトロフはぐっと摑んだ。

「きゃっ、ど、どこを触っているんですか!?」

「きみが勝手に降りようとするからだ。他意はない」

「いつまでもここに居たら負担になるだけです！」

「別に負担じゃない。だいたい、脚を怪我したきみが降りたところで、避けられないだろう」

「あなたは避けられるでしょう」

「きみはどうなる」

「……どうにかします」

「案外と頭が悪いな、きみは」

「な！　それはあまりにも失礼——わっ!?」

横合いから飛んできた雷撃を捕まえるため、ミトロフはぐるりと回転した。ブラン・マンジェは咄嗟にミトロフの首元にしがみついた。

「それでいい！　来るぞ！」

ミトロフは息を吸い込み、身構える。ゴブリンソルジャーが駆けてくるが、今度はしっかりと足を止めた。鉈を振るう。

避ける。左手の薙《な》ぎ払い。飛び退《の》く。体当たり。走って避ける。

攻撃の起こりは分かりやすい。巨軀《きょく》であるゆえに躱す余裕があるのはトロルと同じだ。かつて〝赤目〟となったトロルとの戦いで得た経験が、ミトロフの動きを確かなものにしている。大丈夫だ。避けられる。

「後ろです！」

振り返るのは間に合わない。ブラン・マンジェの言葉を頼りに、ミトロフは腕を上げて避雷針を背後に差し向けた。振動と雷鳴。雷撃は捕まえた。

眼前、ゴブリンソルジャーが鉈を構えている。

――こいつには手加減という言葉がない。常に大振り……だから避ける隙がある。

振り下ろされるより先に、ミトロフはつま先を軸に回転。真横に叩きつけられた鉈。それを持つ手首を避雷針で叩いた。残っていた雷の荊が絡みつく。

空気が弾ける音。ゴブリンソルジャーの驚く声。鉈を離して手を引っ込める。ミトロフはその場を離れ、また息を整える。

「……あなた、身軽なんですね」

「見た、目によらず、と言いたい、のか？」

ふっ、ふっ、と荒い呼吸。

「……すみません。邪魔をしました。息を整えてください」

気遣う声に、今度はミトロフから会話を切り出した。

「わかったこと、がある。どうやら、あの雷は連発はできない、ようだ。ふう……一度かわせば、次の雷まではいくらか余裕がある」

話すことで恐怖を呑《の》み込む。互いに恐れを共有することで、立ち向かう意志を保つ。諦めないために、会話をする。

「この部屋に入る前に、助けを呼んでくるように頼んだ。カヌレが来てくれるはずだ」

「……ですが、扉は開きません」

「なんとかしてくれる。きっとな」

「……頼りにしてらっしゃるんですね」

頼りにしている——その言葉がミトロフには意外なものに聞こえた。

「そう、だな。ぼくは、頼りにしている。もっと最初からそうすべきだった」

ひとりでここに来なければ。自分の力を証明したいと、子どものような考えに固執していなければ。詮ない事と分かりながらも考える。

「仲間が来る。そう思えるだけで、希望がわく」

「……そう、ですね。頼れる方がいるのは心強いでしょう」

ミトロフは避雷針を握り直した。柄に巻かれた〝デンキナマズ〟の皮がわずかに焦げている。ミトロフはそれを見なかったことにした。

「きみも頼るべきだったな。ひとりで戦おうとせずに」

「私には頼れる人はいません。私が、皆を助けねば」

「だったらぼくに依頼でもすればよかった。最初からふたりで来れば、もう少し楽ができたかもなっ」

上空からの落雷を受け止める。人差し指にわずかな痺れがきた。気にする暇もなく、ゴブリンソルジャーの一撃。

大きく避けてはいけない。無駄な動きは疲労となって返ってくる。無駄なく、最小限に。呼吸すら節約しなければならない。

ミトロフは反射的にその場を離れようとして浮かせた足を、ぐっと踏み留めた。

どうせ追いつかれるのだ。走って逃げるだけ無駄か——。

「ブラン・マンジェ。きみは、怖いか」

「——怖くないわけがないでしょう」

「ああ、ぼくもだ。しっかり摑まっていろ。絶対に、当てさせない」

「頼もしい殿方です、ねっ」

ミトロフの急な動きに、ブラン・マンジェの語尾が跳ねた。

ゴブリンソルジャーの手が届く場所で、ミトロフはステップを踏む。少女を背負い、手には長い棒切れを持ち、聞こえぬ音楽にリズムを重ねるようにくるくると回る。

死線上のワルツをミトロフは踊る。

足を運ぶ。体重を移動する。貴族の夜会は時に夜更けまで続き、幾度となくダンスを踊る。教鞭《きょうべん》を手にした家庭教師の監視の下で、ミトロフのダンスの特訓はかつて何時間と続いた。

走ることは苦手だ。だが、ダンスならば身に染み付いている。いかに疲労を少なくするか、楽に、体力を温存して踊るか。踊りつづける限り、死なない。

巨軀の相手にとっては、その懐こそが台風の目であるようだ。

脚に手が触れそうな距離まで近づき、また離れ、ふと遠くに出たかと思えば、くるりと回りながら入り込んでくる。

ゴブリンソルジャーはすばしっこい獲物に苛立《いらだ》ち、鉈を振る力を強くする。それが動きを単調にしていることには気づかない。

ミトロフは冷静に目を向けている。手にあるのは空洞の鉄の棒。いくら攻撃しようと無用の長物。攻撃という手段を切り捨てたことで、ミトロフの意識はただ避けることだけに集中する。

相手を見る。目線を、呼吸を、動きを。感じとる。そしてその動きに合わせて、自分も動く。それはゴブリンソルジャーをパートナーにしたダンスに違いなく、ふたりの呼吸は合っている。ミトロフが合わせている。

強化された精神はゴブリンソルジャーの動きを読み取り、やがてミトロフは〝彼〟のことを理解する。その動きが、どうしたいのかが、手を繫《つな》いで踊っているかのように分かる。

視界の端で、ミトロフは山羊頭の老婆を見た。雷撃を撃とうと剣を掲げ、しかしその狙いは定まらないようである。知性がある。その知性ゆえに、雷を撃てばゴブリンソルジャーを巻き込むことを理解している。

——雷とは、高い物に落ちる性質がある。

本にはそう書いてあった。

ミトロフとゴブリンソルジャーが並ぶ限り、雷はゴブリンソルジャーに落ちる。

魔法として真横から撃つにも、的としての大きさはゴブリンソルジャーの方が大きく、ミトロフは止まることなく動き、立ち位置を入れ替えている。

〝知性〟は理性的な判断を優先する。ゆえに、雷は飛んでこない。

脅威を前に、逃げなかった。だからこそ見えてきた死中の活がある。死を前にしても、尚《なお》前に進むことで、ミトロフはわずかな希望に指先を引っ掛けている。

どれほどそれを繰り返したろう。

一度でも失敗すれば、死ぬ。自分も、背負ったブラン・マンジェも。

文字通り、命の重みが肩にある。その責任と恐怖に、幾度となくミトロフは叫び、逃げ出したくなった。この場から後ろに下がり、大きく息を吸いたくなった。

その都度、ひどく冷静な自分が引き留めた。

ここから逃げた瞬間、自分は死ぬ。仕切り直すことはできないと分かっている。一度折れた心は戻らない。死の恐怖の内側に戻る勇気は立て直せない。

だからただ足を動かす。ゴブリンソルジャーと呼吸を合わせてダンスを踊る。いつまでも。限界が来るまで。だが、それはいつだ？

いつの間にか風を切る音がずいぶんとうるさい。木枯らしの隙間風のように乾燥しきった擦過音がしている。それが自分の喉から鳴っていることが他人事《ひとごと》のように思える。

顔中から汗が吹き出している。滴り落ちている。額から流れる汗が落ちて、目に入るより先に、ブラン・マンジェがそれを押さえた。

ミトロフの邪魔にならぬように、体勢を崩さぬように、ブラン・マンジェは己を荷物とするようにただミトロフにしがみついている。ふたりはいつしか一体となっている。

あとどれくらい保つだろう。分からない。疲労も何もかもが溶けたようで、動いている身体すら自分のものとは思えない。呼吸は間に合わず、苦しくて仕方ないはずであるのに、どうしてかミトロフは心地よさすら感じていた。

いつまででも、こうしていられる。

自分のことでありながら、自分でも理解できない感覚だった。未知でありながら、恐ろしくはない。心地よい。ずっとこの感覚に浸っていたい。すべてが完璧に嚙み合っている……。

山羊頭の老婆は首を横に傾けた。ミトロフが離れるのを待っていた。でなければ、雷はゴブリンソルジャーにも当たってしまう。しかしミトロフはずっと離れない。自分にできることはない。

白髪と黒髪とが交ざり合った長髪が揺れる。顎骨はカカカ……と鳴る。

魔物の上位種に位置する〝魔族〟には知性がある。知性とは考える力であり、学習する力である。

山羊頭の老婆は目の前の光景を観察し、学び、ひとつの答えを出した。

手にした刺突剣を掲げ、虚空に雷撃を生む。そして落雷を落とした――鉈を振り上げたゴブリンソルジャーに。

悲鳴。

そして衝撃。

ゴブリンソルジャーに落ちた雷は、鉈から駆け下りながらすぐそばにいたミトロフに飛び移ったのである。

〝側撃〟と呼ばれるその現象に、ミトロフは対応できなかった。雷の大半はゴブリンソルジャーに当たり、ミトロフを打ち据えたのはわずかな雷電である。しかしミトロフを弾き転がすには余りあり、その集中力を断ち切るには申し分のない一撃だった。

山羊頭の老婆は学習したのだ。

ゴブリンソルジャーごと巻き込めばいい。ミトロフが死んでも、ゴブリンソルジャーは死なない。

〝人間〟とはか弱い生き物なのだから。

怒り、咆哮《ほうこう》を向けてくるゴブリンソルジャーに、山羊頭は歌うような笑い声を返した。

歌声を耳にしながらミトロフは肘をついて身体を起こす。

全身に痺れがある。だが、身体は動く。しかし酸素が足りていない。頭が締め付けられるような苦しみの中で、ミトロフは必死に呼吸を繰り返している。

心臓が飛び出しそうなほど激しく動いている。足に力が入らないのは、疲労のせいか、雷撃のせいか。

くそ、くそ、くそ――。

頭の中で同じ言葉が回転している。

うまくいっていた。邪魔された。やられた。またあの山羊頭に。

ミトロフは立ち上がろうとする。身体が重い。顔を上げる。ゴブリンソルジャーは山羊頭の老婆に吠《ほ》え、やがて思い出したようにミトロフに視線を向けた。近づいてくる。

——無理か。

諦めという甘美な誘いを、ミトロフは手に取ろうとした。

すっかり疲れている。このまま眠れば、どれほど心地よいだろう。なに、充分やったさ……と、肩に手が当てられる。囁《ささや》く声は、震えていた。

「私が時間を稼ぎます。あなたは扉に。助けが間に合うかもしれません」

ミトロフを守るようにブラン・マンジェが立った。

その背中は小さく、焦げた両脚は立つだけでもやっとのはずだった。それでも彼女は剣を抜き、ゴブリンソルジャーと向かい合った。

「ブラン・マンジェ！　きみこそ逃げろ！」

「あら、二本足で立ってから言ってくださいますか？」

「減らず口だなきみは！」

ミトロフは拳を太ももに叩きつけた。淑女に守られ、自分だけが諦めているわけにはいかない。そんなことは、貴族の男子として許されない。それは男の意地と矜持に関わるのだ。

「大丈夫です。あなたのおかげでいくらか休めました——」

ゴブリンソルジャーが鉈を横薙《よこな》ぎに振るう。

ミトロフは叫び、手を伸ばし、しかし届かず——赤い線がひとつ、ゴブリンソルジャーの身体を区切るのを見た。

鉈がくるくると宙に舞って地面に転がっていった。ミトロフが呆《ほう》けたように見つめる先で、ゴブリンソルジャーの上半身が斜めにずり落ちる。切り口は炭化し、血飛沫《ちしぶき》のひとつも上がらなかった。

剣を振り抜いた姿勢のまま、ブラン・マンジェはその場に崩れ落ちた。

「ブラン・マンジェ！」

ミトロフは膝を擦《さす》りながらにじり寄り、ブラン・マンジェを抱き起こした。普段は隠れているフードの中の顔が見える。ミトロフは息を呑んだ。

「……大丈夫、です。魔力を消費しすぎた、だけで、ミトロフさん、あなたは——逃げて」

ブラン・マンジェはもはや幼子ほどの力も残っていない腕を動かし、扉を指さした。

〝守護者〟であるゴブリンソルジャーは死んだ。ならば、扉の封印は解けているはずだ。あそこまでたどり着けば、生きて帰ることができる。

「そうか、きみはあの一撃のためにおとなしく背中にしがみついていたわけか！　やってくれるじゃないか！　よし、よしっ、ブラン・マンジェ、生きて帰るぞ！」

「…………」

視線を戻す。ブラン・マンジェの返事はない。瞼《まぶた》は閉じられている。ミトロフは慌てて手のひらをブラン・マンジェの口にかざした。

——息はしている。だが、弱い。

魔力とは血液と同じだと聞く。失い過ぎれば、人は死ぬ。

ブラン・マンジェは命の血を削り取ってあの一撃を放ったのだろう。自分はここで朽ち果てても構わないと決意して。

ミトロフは顔を上げる。

柱の陰から山羊頭の老婆が姿を現している。カタカタと首を左右に揺らし、その口からは歌が響く。

視線をずらせば扉がある。あそこから戻ることができる。

安宿のベッド。

屋台の塩辛い食事。

肩まで風呂に浸《つ》かり、からからになった喉に流し込むミルクエール。

体力は幾ばくも残っていない。気を失った人間は、水の詰まった袋のように重いだろう。

山羊頭の老婆が、ブラン・マンジェを背負うまでの隙だらけの挙動を見逃してくれるわけもない。

4

ミトロフは唇を噛んだ。一瞬でも誘惑に駆られた自分を恥じた。

右手で拳を握った。

それを思いきり自分の顔に叩きつけた。

「――ぶひぃっ！」

痛みは強烈だった。

涙が浮かぶ。

鼻から赤い血がぼたぼたと流れ、ブラン・マンジェのローブに染みを作った。

「ぼくはッ！」

叫ぶ。

恐怖を、誘惑を、弱さを、追い払う。

「逃げないッ！」

ミトロフは立ち上がる。震える足を叩き、地面を踏みしめる。

山羊頭の歌が部屋中に響いている。上空に黄金の球体が生まれ、何本もの光の荊が絡み付いている。

ブラン・マンジェが魔力を蓄え、必殺の一撃を潜めていたように。山羊頭の老婆もまた、確実にミトロフを撃ち殺すために魔力を練り上げている。

ミトロフは走る。

地面に転がった避雷針を拾い上げ、さらに走る。

ブラン・マンジェを巻き込んではいけない。扉を背にしてひとり立ち、避雷針を掲げて立つ。

空気中に〝デンキ〟が満ちている。

ミトロフの肌がパリパリと痺れ、髪の毛が逆立つ。両方の鼻から血を流しっぱなしにしたまま、吠えた。

「ぼくは、ごごだぞ！」

柄を握り締める。巻かれていた〝デンキナマズ〟の皮が炭となって崩れつつある。

――ああ、ぼくに力があればな、と。ぼやく自分の声がある。

どんな魔物も一撃で両断できる魔剣とか。

雷の魔法を消しとばすくらいの魔力とか。

決して失敗しない賢さとか、どんな危機も乗り越える勇気とか。

そういうものがあれば、ぼくはもっと、格好良く生きられたのに。

ミトロフは震える歯を噛み締めた。

――ここにひとりで来たことは、間違いだった。

――他人に、父に、大切な人に認められたい。

――自分には力がある。価値がある。なんだって上手くやれる。自分は間違っていない。

――そう示したかった。でも、それは愚かなことだった。

――だから今度こそ、自分が誇れることを選びたい。

全身に力を込める。ふん、と鼻息を荒く吐く。詰まった鼻血が噴き出した。呼吸ができる。それならまだ、生きている。

「ひとりじゃお前を倒せない。でも、逃げないぞ。お前からはもう逃げない！」

ひとつの雷が落ちる。

掲げた避雷針に衝撃がくる。これまでの雷とは比べ物にならないほど強い。ゴブリンソルジャーが死んだ今、山羊頭の老婆に遠慮はない。

二本、三本。

雷が落ちる。

〝デンキ〟がぶつかり合う音。空気を破裂させる音。周囲には無数の荊が暴れ回り、ミトロフの視界は白く染まっていく。山羊頭の老婆の歌さえ聞こえなくなっていく。

ただ、立ち。ただ、避雷針を掲げ、ただ、耐える。

持ち手が熱くなっている。巻き付けた皮が熱を持ち始めている。知らず叫んでいた。叫ぶことで耐えている。どこかにある希望を探している。

視界が明滅している。自分が立っているのかどうかもわからない。

暗闇と光が交互に訪れ、光の世界で記憶を見つめる。

ミトロフは叫んでいる——目の前に母がいる。

ミトロフは叫んでいる——母は血を流している。

ミトロフは叫んでいる——どんなに叫んでも、力は目覚めなかった。

どれだけ叫んだところで、都合の良い〝力〟に目覚めるわけがないと、ミトロフはとっくに知っていた。

あの日、あの瞬間、母を救う力はミトロフの中になかった。

そして今のミトロフにも、できることはない。

握った避雷針は溶け始め、持ち手の皮も崩れつつある。雷の奔流に曝《さら》され、ただ耐えることしかできない。

だが、ミトロフは待っている。

ひとりでは何もできない。死に耐えるだけだ。

ミトロフは自分の中にある〝力〟など、もう信じてはいない。

けれど、ミトロフはひとりではないから。

来るはずだと、信じている。

——仲間を。

雷の奔流の中であっても、その音は聞こえた。なにかが砕かれる音。それは〝守護者〟の部屋の扉が、恐ろしいほどの力で殴り飛ばされた音だった。

瞬時、空気を切る音が飛ぶ。

それは矢だ。

入るなりに状況を読み解いた射手の狙い違《たが》わず、矢は山羊頭の老婆に至る。剣を振り下げ、雷は止まる。矢は老婆の暗黒の身体を突き抜けていった。

「——おぬし、無事かえ?」

その声を、ミトロフは懐かしく思う。

隣に軽やかに駆けてきたのはグラシエだった。血相を変え、顔中に汗を浮かべ、焦りと不安に瞳を揺らしている。

「……ああ、ありがとう。すごく助かった」

そんな会話を、いつの日かした気がする。あれは、そう、グラシエと初めて出会った日のことだ。

「また、助けられたな」

「なあに、助け合いじゃからな」

「来ます」

グラシエとは逆側に駆け込んできたのはカヌレである。横薙ぎに飛んできた雷を防ごうと盾を構える。しかしミトロフが掲げた避雷針に吸い寄せられる。

「……これは〝デンキ〟なんだ。盾じゃ防げない。この棒で捕まえるんだ」

「雷を模した魔法でしょうか。かなり高度なはずですが……それより、ご無事でよかった。後で詳しくお話を聞かせていただきます」

冷え冷えとした声に、ミトロフの背が震えた。明らかに、そう、彼女は怒っていた。

「あちらで倒れているのはブラン・マンジェですか」

「あ、ああ、意識を失ってる。はやく施療院に運んだほうがいい」

「ブラン・マンジェ？　知り合いかの？」

「話せば長いんだが……おっと」

会話の途中で飛んできた雷を捕まえる。先ほどまでは死を覚悟していたというのに。ふたりが来ると、こうまでも気が抜けてしまう。それはまったく不思議なことだった。

「……きみたちは、頼もしいな」

思わず呟《つぶや》いたミトロフに、グラシエとカヌレは顔を見合わせた。

「なにを当たり前のことを言うておる」

「ご心配なく。すぐに片付けておふたりの治療をしましょう」

そうして三人は並び立ち、山羊頭の老婆を前にする。

あれは厄介な敵だ。なにしろ〝魔族〟である。だが、もうなにも恐れることはない。

ミトロフは自分のうちから込み上げる不思議な力を感じていた。前に進める。戦える。

負けるはずがない——ぼくたちは、勝てる。

「よし、行こう！」

ミトロフの一声に合わせて、先手を取るのはグラシエである。

矢筒から抜き取った矢をつがえ、放つ。山羊頭の老婆の、まさにその頭を的確に狙う。老婆は外套を不可視の魔力にはためかせながら、地を滑るように回避した。剣を掲げ、上空に雷球を生み出した。その剣を振り下ろそうとして。

グラシエはすぐさまに二の矢を放つ。

彼女はエルフの狩人《かりゆうど》であり、山の中で走り回る動物を相手にして生きてきた——何十年と。

ゆえに木々も茂みもない場所で、ただ水平に移動するだけの相手を射抜くのになんの苦労もない。

「——ありゃ、また通り抜けてしもうた」

矢は命中した。だが老婆の胴体を突き抜ける。

「霊体、ということでしょうか。魔力による攻撃でなければ倒せないということになります」

「ちと厄介かのう」

手の止まった三人を前に、山羊頭は顎の骨を震わせて嗤《わら》い、歌う。刺突剣を掲げた。

ミトロフはカヌレの腕を引いた。顔を寄せ、どこか尊大に――他者に命令し、従わせる貴族の才能を宿した口調で言った。

「カヌレ。ぼくを投げろ」

「――はい」

「ミトロフ!?」

叫んだのはグラシエである。

訊《たず》ね返すことも、戸惑うこともなく。カヌレはただミトロフの指示を実行する。すぐさまミトロフの胴体にしがみつくと、石を放るトロルのような怪力でミトロフを投げたのである。

空中を吹っ飛びながら、ミトロフは姿勢を制御する。避雷針を抱いて身体を丸め、衝撃に備える。丸まったミトロフは、その脂肪のおかげで限りなく球体に近い。着地し、転がる。ゴロゴロと。

腕をつき、跳ねるように起き上がり、そのときにはもう山羊頭の老婆は目の前にあって、雷はすぐにも落ちてくる――いや、落ちない。

山羊頭の老婆が握った剣は振るわれず、魔力はただ滞空している。

「知ってるぞ――お前は、魔法を使っている間は実体化するんだろ」

じっと見ていたミトロフは気づいている。学習していたのは山羊頭だけではない。ミトロフにも知性がある。

「いま雷を落としたら、実体化したお前も巻き添えを食うぞ。どうする?」

ミトロフはニンマリと笑った。握った避雷針を素早く振るう。脆《もろ》くなった空洞の鉄は、山羊頭の老婆の持つ刺突剣を叩いた。

衝撃によって避雷針がついに折れる。

刺突剣が老婆の手を離れ、空中に舞った。

歌声のテンポが変わっている。激しく、甲高く、呪いの絶叫のように。

〝感情〟――その昂《たかぶ》りに、上空の雷球が激しく枝を広げた。雷の枝葉が天井に広がり、周囲を照らし輝かせている。

もはや相打ちも構わぬ。

山羊頭の老婆は顎骨を開き、叫ぶ。共に雷を浴びようと、先に死ぬのは脆弱《ぜいじゃく》な人間だと知っている。

雷が落ちる。

ミトロフはそれをわかっていた。

ゴブリンソルジャーに構わず雷を落とした。〝こいつ〟は、そういう〝ヤツ〟なのだ。知性がある。ならば性格がある。行動に一貫性がある。

相手の性格を読み、推測し、交渉し、誘導する。それこそが貴族の得意とするところ。

すべてが緩やかに流れる奇妙な時間がある。強化された精神は研ぎ澄まされ、鋭い針のような集中が時間の隙間を縫っている。

ミトロフは折れた避雷針を左手に渡し、空中に飛んだ刺突剣を摑み取った。

相打ち？　上等じゃないか。どっちが先にくたばるか、我慢比べだ――。

ミトロフは腰を落とし、足を踏ん張る。決して逃げぬ覚悟の構えで、落ちてくる雷のその先端すら目にしながら、ついに手に戻ってきた愛剣を上空に掲げた。

雷撃。

避雷針とした刺突剣に雷が落ちた。恐ろしいほどの衝撃。視界が真白に染まり、肩から足先まで焼け付くような熱が迸《ほとばし》った。

雷は左手に握った避雷針の鎖から地面に流れるが、全ては逃しきれない。

だがミトロフは生きている。歯を噛み締めて立っている。山羊頭の老婆へも側撃が移る。悲鳴が響く。ミトロフの身体に絡むように光の棘《とげ》が弾ける。

凄《すさ》まじい衝撃に、ミトロフは一瞬、気を失っていたようである。だが〝デンキ〟によって身体が痺れ、硬直したがゆえに、倒れず、剣も離さなかった。

視界が明滅する。音のない真白い世界の中でミトロフは鳥を見ている。

雄々しく美しい巨大な鷲《わし》がさっと近寄り、柔らかな翼の先でミトロフを撫《な》でていった。

意識が戻る。

雷撃は止《や》んでいた。目の前には山羊の頭骨がある。老婆は声を張りあげる。それは歌ではなく、ただ怒りの叫びだった。周囲に雷が降り注ぐ。我が身諸共《もろとも》と、巨大な雷の槍《やり》がミトロフに向かった。

ミトロフの意識は半ば朦朧《もうろう》としていた。力が抜け、刺突剣の先が地面に落ちる。だが決して柄《つか》は離さない。だらりと両腕を下げたまま、雷の槍を見上げ、ミトロフはふと——腹が減ったな、と思った。

身体が飢えていた。これまでに感じたことのない欲求があった。自分の中に胃袋が増えたような感覚だ。空っぽだ。満たしたい。その欲求は本能だった。これまでの人生でずっと求め続けていた暴食の欲に、ミトロフは従う。

雷。それは魔力の塊。ミトロフは刺突剣を振り上げる。

ミトロフ、と誰かに名前を呼ばれた気がした。だがその音は遠く霞《かす》んでいる。

雷が刺突剣に嚙み付いた。這いずり落ちてミトロフの身体に触れて。

――ミトロフはその雷を喰《く》った。

雷槍が忽然《こつぜん》と消える。空腹がマシになる。身体の中に熱が生まれる。自分という存在が、魂が、肉体が、変化する感覚を、以前にも味わったことがある――それは〝昇華〟だ。

ミトロフはまだ白い世界にいた。夢とも現実とも知れない意識の境界で、身体は無意識に動く。剣を払い、弧を描いて眼前に掲げた。その軌跡に雷の荊が散る。貴族としての決闘剣技の構えをもって、金切り声を張りあげる山羊頭の老婆にミトロフは相対する。

「耳障りだ。静かにしてくれ」

右足を踏み込む。畳んだ腕を伸ばす。点を突く。身体のうちに満ちた魔力が奔流となって溢《あふ》れた。

雷刺。

刺突剣の切先から雷の槍が撃ち出される。それは山羊の頭骨を打ち砕き、貫通し、守護者の部屋の壁を砕いた。

耳がじんと痺れていた。この世から音が消えたかのような錯覚。眩《まばゆ》いほどの雷光は消え去り、その名残に小さな残光が周囲で弾けた。

宙に浮かんでいた山羊頭が黒い靄《もや》となる。骸衣が解けるように床に落ち、青い炎を灯したままのランタンが転がった。最後まで浮かんでいた黒い靄がミトロフの身体に飛び込む。

それを見届け、ミトロフは倒れた。

5

ミトロフはかつてないほどの危機を前にしていた。

魔族を相手に死を覚悟したが、そちらの方がまだ心が定まる。ミトロフは今、混乱と不安の中に追い込まれており、自分がどうすべきかすら分からないでいた。

ミトロフは唾を飲み下した。視線をどこにやればいいのか落ち着かず、足元を見たり、部屋のあちこちに目を送ったりしたあとに、おずおずと正面に立つカヌレを見上げる。

「…………」

無言、である。

ベッドの上で上半身を起こしているミトロフの前に立ち、カヌレはミトロフを見下ろしていた。

視線にも圧力があるのだと、ミトロフは体感していた。カヌレは迷宮の呪いによって骸骨の姿になっている。視線を送るべき瞳がなく、ただでさえ黒いフードが目深に容貌を隠している。

しかし間違いなく、カヌレは自分を睨《にら》みつけているのだと、ミトロフには分かった。

「……カヌレ、すまない」

おずおずとミトロフが言った。

ミトロフには謝るという経験が少ない。ひと言を告げるだけでも時間がかかり、その口調も不器用である。

カヌレは、ふう、と小さくため息をつくと、その場にしゃがみ、包帯を厚く巻かれたミトロフの右腕にそっと触れた。

「……腕の調子はどうなのですか」

「む、これか、ああ、ええと、治癒の魔法をかけてもらったからな。安静にしていればすぐに元通りだろうという話だ。ただこの傷跡は、よほどの使い手でなければ消すのは難しいという話だ」

ミトロフの右腕から首筋、胸、脇から腹、そして右足まで、枝を広げた荊のような赤みがかった傷跡が残っていた。

雷の紋章とも呼ばれるそれは、医者が言うには雷に打たれて生き残った者に刻まれる証であるらしい。本来であれば時間と共に薄くなるというが、ミトロフが受けたのは魔力によって生じた雷である。

ミトロフは、カヌレの気遣うような雰囲気を察した。カヌレは騎士の家系に育ち、貴族の子女の護衛を務めたこともある。そのために、貴族にとって身体に消せない傷が残る意味合いを理解していた。

「なに、見てくれは派手だが痛みもない。冒険者として風格がついたと思わないか？」

ミトロフはあえて茶化すように言う。ミトロフもまた取り返しのつかない傷を負ったことは理解している。それでも、気持ちは明るかった。

「ぼくは、運がいい。生き残れた。この傷は幸運の証だ。助けに来てくれてありがとう、カヌレ」

「いいえ。お助けできて、本当によかった。ですがもう二度と、わたしを置いて戦いに挑むようなことはしないでくだされば嬉《うれ》しいです」

黒革の手袋の指が、ミトロフの腕の裾を握った。ぎゅ、と革が擦れて鳴った。

「——命が縮むかと思いました」

その声の切実さに、ミトロフは胸を貫かれたように感じた。

「……すまない」

「ご無理はなさらないように、と。そう言いました」

「ああ、その通りだ」

「腕を痛められているのに、また怪我をなさって」

「不甲斐《ふがい》ない」

「それに、わたしを呼んでくださらなかった」

「……カヌレ、腕が、あの、絞られて……」

ぎゅううと握りしめられた裾が、ミトロフのふくよかな腕の肉を締め付けている。

「わたしはミトロフさまの盾です。わたしがいないところで怪我をなさったことが、悔しいのです。もしミトロフさまが命まで失うようなことになっていたら、わたしは」

喉を詰まらせる音で、言葉が切れた。

ミトロフは焦っている。カヌレが怒る気持ちは理解できる。しかし、悲しまれると、どんな言葉をかければ良いのか、なにもわからないのだ。

「本当にすまない。カヌレの気持ちを慮《おもんぱか》るべきだった」

「……いいえ。騎士たるもの、主君に気を遣わせるわけにはいきません。わたしが改善いたします。ですが、もし少しばかりともわたしのことを考えてくださるのであれば、もっとわたしをお傍に置いてくださいませ。お役に立ちたいのです」

いまにも泣き出しそうなカヌレの声に、ミトロフは「うっ」と胸を押さえた。罪悪感が〝デンキ〟のように胸を叩いたのである。

カヌレの気持ちを考えていなかった。自分のことだけを考えて行動していた。過去の自分の浅慮を、いま悔いている。

「……わかった。約束する。もう二度とこんなことはしない。よく分かったんだ。ぼくはひとりだと、すぐ死にそうだ」

ミトロフはおずおずと、カヌレの頭に手を伸ばした。それは幼い日、ミトロフが母にそうされて慰められたことを思い出したからである。

加減がわからず、フードの生地を確かめるように控えめな加減で、ミトロフはカヌレの頭を撫でた。

「……ミトロフさまが、ご無事でよかった」

ミトロフは頷いた。カヌレのその優しさに、救われる気持ちがあった。

ここまで自分の身を心配してくれる存在がいたこと。それがミトロフに驚きと、不思議なむず痒《がゆ》さを感じさせる。それは決して嫌なものではない。冬の寒さにかじかんだ身体が、湯の中でじんわりと温められるのと似ている。ミトロフがそれを奇妙に感じたのは、慣れていないものだからだ。

「……その、なんだ。ありがとう。心配をかけた」

「……はい」

ふたりして顔を見合わせる。どうしてか心の置き場に悩む雰囲気になっている。それを互いに気づいているし、互いがそれに気づいていることにも、気づいている。

どちらから言葉を切り出すかという水面下での気配のやりとりに、波紋を起こしたのは扉を三度叩く音だった。

「は、はいっ」

カヌレが跳ね上がるように起立した。背をぴんと伸ばした立ち姿は、入団したての新米騎士のようであった。上擦った声を咳払《せきばら》いで誤魔化す間に、病室に訪問者が入ってきた。

「やあやあ、どうも」

男は愛想良くミトロフとカヌレに笑いかけた。短い赤髪は丁寧に撫でつけられ、髭《ひげ》は綺麗《きれい》に剃《そ》られている。ギルド職員を示す制服にも、足元の革靴にも、年季を感じさせる皺《しわ》が入っている。

「あなたがミトロフさんですな。こちらは？」

「カヌレだ。ポーターをしてもらっている」

「ああ、なるほど。ポーターを」

「そちらは？　名前を聞いていない」

「おっと、失礼しました。冒険者の方から名前を訊ねられるのは久しぶりでして。私は特別問題対策課のハシャスメと申します。特別問題対策課は要するに迷宮の諸問題をひっくるめて処理するところでしてね。何でも屋みたいなものだと考えていただければ」

ははは、と朗らかに笑って、ハシャスメは病室の壁に寄せられていた小椅子を見つけ、手に持ってベッドの脇に据えた。

「カヌレさんはお座りに？　あ、いらない？　では私が失礼して、と」

ハシャスメは腰掛けるなり、前傾姿勢をとった。懐から手帳を取り出すと、ぺらぺらと捲《めく》って内容を流し見、顔をあげた。

「今回、ミトロフさんは〝魔族〟と遭遇されたということですね。いや、まずはお祝いを。よく生還なされましたな。心身ともに疲れてらっしゃるのは分かるのですが、いくつか書類を作らねばなりません。なんでも、新しい守護者として〝ゴブリンソルジャー〟が召喚されたとか。二体を相手にして勝利するというのは、まったく驚きですな」

「ゴブリンソルジャーを討ったのはブラン・マンジェだ」

「ふむ……ではそう報告書に記しましょう」

懐から短い鉛筆を取り出し、ハシャスメは手帳に書き付けた。

「ブラン・マンジェは無事なのか？」

「ええ。怪我と、まあ、魔力枯渇のほうが重症ですが、問題なく快癒するとの話ですよ。彼女は頑丈ですからね」

ギルドの契約によって、彼女は〝魔族〟と戦う必要に迫られている。そのことに言及したい気持ちはあれど、ミトロフが口を挟んで改善されるものではないということも分かっている。

「……見舞いに行くことにしよう」

「それがよろしいでしょうな。しばらくは調整室にて魔力を回復させるための治療ですから、先の話になりましょうが。そうだ、今日はギルドからの見舞いを持ってきたのです」

ミトロフは訝《いぶか》しげに目を細める。

「地下五階という浅層に突如出現した〝魔族〟を討伐していただいた褒賞、ということです。ミトロフさんの治療費はすべてギルドで負担させていただきます。それから討伐金を幾ばくかと、ギルドカードのランクアップ、それにミトロフさんのパーティーをギルドで正式に認可致します」

「パーティー名に認可があるのか？」

「まあ、ちょっとした特別待遇というものですな。通常、パーティー名は自由ですし、申請費用を負担頂ければ登録いたします。ですが、例えば、そうですな、ギルドがこれは有望だと認めたものや、大きな貢献があった場合、そのパーティーをギルドが後押ししている……そういう箔《はく》が付くわけです」

「……詳細は書類で頼みたい。あとで確認する」

「かしこまりました。そのように。他にご希望などございますかな」

ない、と言いかける。いや、それはもったいない。これは機会なのだ。だが、あまりに浅慮な要求をしてはならない。ハシャスメは使い走りではなく、裁量権を委ねられてここにいる。つまり、それなりに偉い。我儘《わがまま》は通るが、欲張ってはならない。良い塩梅《あんばい》を。

「──カヌレの冒険者カードを作ってもらえるか。審査はなしで」

カヌレが微《かす》かに息を呑んだ音がした。

「なるほど。ではそのように」とハシャスメは目尻に皺を刻んだ。

悪い反応ではない、とミトロフは思う。

ハシャスメは文字を書き加え、手帳を閉じて立ち上がった。椅子を壁に戻しながら、世間話のように言う。

「ミトロフさん、優れた冒険者が必ず持っている素質がお分かりですかな」

「急な質問だな……諦めの悪さか？」

「もちろんそれもあるといい。ですが、必須なのはひとつだけ──幸運です」

ミトロフは眉を寄せた。それは疑念の表出である。

「どんなに肉体が頑健でも、精神が不屈でも、死ぬときは死ぬのです。それが迷宮です。死んだものが愚かで無能、生き残ったものが賢明で優秀だったか？　いいえ、運があっただけです。そして今日、あなたは生きている。素晴らしい幸運だ」

ハシャスメは手を差し出した。ミトロフの拳を取り、強引に握手をした。

「あなたには〝魔族〟を撥《は》ね除《の》ける幸運がある。あやかりたいものですな。それに」その目はミトロフの首から腕に刻まれた真新しい雷の荊跡を見つめた。「〝雷鳥の祝福〟による〝昇華〟をなされた。これこそは幸運の証ですよ。今後のギルドへの貢献にも期待させていただきます」

ハシャスメはミトロフに笑いかけると、さっと部屋を出て行ってしまった。

残されたミトロフとカヌレは顔を合わせる。

「……何だったのでしょう」

「ギルドからの口止め、といったところだろうか。褒賞を与えるから、あまり喧《やかま》しくしないように、あるいはブラン・マンジェや〝迷宮の人々〟との取引を騒ぎ立てないように……ううん、単純に、目をつけているという通告のようなものかもしれないが……ぼくらは得をした。今はそれでいいだろう」

「あの、ミトロフさま。あのような願いでよろしかったのですか。他にもいくらでもあったでしょうに」

おずおずとした言い方に、ミトロフは呆《あき》れた顔をして見せた。

「よかったに決まってるだろう。前からどうにかしたいとは思っていたんだ。きみはポーターではなく、立派な仲間だからな」

「——はい」

頷くカヌレの声は詰まっている。そこに籠る感情の内容はミトロフにもわからない。ただ、自分の選択は間違っていないという実感だけはあった。

ふと、大きなあくびが漏れた。

「失敬した。やけに眠くてな」

カヌレは微笑し、ミトロフの肩を支えながら寝かせると、布団をかけて柔らかく押さえた。

「いまはゆっくりおやすみください」

「ぼくは元気なんだが」

「ベッドを抜け出すとおっしゃるのであれば力に頼ります」

わかりやすい脅迫に、ミトロフは苦笑した。

「……そういえば、グラシエはどうしてる?」

迷宮の帰途では、カヌレがミトロフを背負い、グラシエがブラン・マンジェを背負い、地上まで連れて帰ってもらった。治療を終えるころには、グラシエはいなくなっていたのだ。

「ミトロフさまの命に別状がないと知らせを受けたころに、子どもたちが呼びにきました。詳しくは聞けませんでしたが、院で何かあったのではないかと。その対応にお戻りになっています」

「そうか……そういえば、ポワソンに君を呼んでくるように頼んだが、どうしてグラシエも居たんだ?」

「それは」と、カヌレは少し言葉を迷わせた。「グラシエさまが訪ねておいでだったのです。ちょうど相談事を受けておりました」

「そのおかげで命を救われたな。よくよく感謝を伝えねば」

「明日、参りましょう」

ミトロフの考えていることをしっかりと先読みして、カヌレが言う。今日は大人しく寝ていろということだ。

ミトロフは苦笑し、分かっている、と答えた。

「少し眠ろう。身体が重くて仕方ない」

「治癒の魔法によるものです。起きたときにはすっかり良くなっていますよ」

瞼を閉じると、眠気は呆気《あつけ》なくミトロフを包む。温かな雲の中に沈み込む前に、頭を優しく撫でられる感触がした。ふと、かつての母の手を思い出した。

ミトロフは懐かしい安らぎの中で眠りに落ちていった。

6

翌日まで眠りこけたミトロフは、さっさとベッドを追い出されてしまった。施療院にはひっきりなしに病人がやってくる。健康な人間の居場所はないのだった。

朝まで付きっきりだったカヌレと連れ立って、退院したミトロフがまずしたことは屋台での買い食いだった。

ミトロフがいちばん堪《こた》えたのは施療院での清貧的な食事である。量は少なく、味付けはうすく、美味《うま》いとか不味《まず》いとかの範疇《はんちゅう》にすらない。栄養を補給するためだけの飲食物を、ミトロフは食事とは思わない。

治癒の魔法によって傷は治っていても、身体の芯に残った違和感や痛みはある。さっさと宿に戻ってひと休みするべきところを無視して、ミトロフは屋台を巡った。ミトロフにとっては、食うことこそが何よりの治療なのである。

腹は常に鳴りっぱなし。肉と香辛料の匂いが風に吹かれてミトロフを撫でる。よだれがあふれ、鼻がクンクンと動く。ミトロフはふらふらと吸い寄せられては注文し、受け取るやいなやかぶりつく。

甘辛く煮込んだ刻み肉と野菜を混ぜ込み、穀物を潰して練った生地で包んだものを二口で頬張り。ヨーグルトソースを何度も塗り込んだ熱々の串焼き肉を噛み、溢れた肉汁で唇をやけどして。新鮮なフルーツでそれを冷やしながら、木腕に盛られる麺料理に向かっていく。

そんなミトロフについて回りながら、カヌレは微笑《ほほえ》んでいる。食欲とは元気の証である。料理を愛好するカヌレは、ミトロフの食いっぷりの良さが好きだった。できることなら衛生面でも食材の質でも不安の残る屋台飯ではなく、自分が食事を用意できればいいのだが……場所も設備もないことが口惜しい。

ミトロフが満足いくまで市場で買い食いをしてから安宿に戻ってくると、やけに静かなのに気づいた。

普段は中に入るなり誰かが叫んでいたり、暴れ回るような音が聞こえるものだが、今日に限っては新月の墓地かのようである。

階段を上がり、自分の部屋に向かう廊下をたどれば、誰も彼もが部屋から顔を出して、通路の先を覗いている。

いつも安酒の瓶を離さずに陽気に歌っている歯抜けの老人でさえ、初めて自分の足を発見した赤子のように目を丸くして座り込んでいた。

ミトロフは眉間に皺を寄せながらも進めば、どうやらあれが原因らしい、とあたりがつく。

自分の部屋の前に、巨体がひっくり返っていた。先週、ここに入ってきたばかりの新米冒険者だが、その体格と気性の荒さで遠巻きにされていた男だ。

なんだってぼくの部屋の前で、と近づいていけば、巨体の陰にその姿を見つけた。

扉に背を預け、腕を組み、かるくうつむくようにして目を伏せている。

身体は外套で隠れているが、その容貌が露《あら》わになっているというだけで、どんな美術品よりも人の目を惹《ひ》きつけてしまう。

ミトロフたちの足音を聞きつけて、グラシエは目を開けた。頬に流れた髪をたおやかに長耳に掛け、わずかに微笑んだ。

「すっかり元気を取り戻したようじゃの」

「すまない、待たせたか？」

「ほんの少しじゃよ。先ほど施療院に行ってきたのじゃが、すでに退院したと言われての。われの方が先に着いたということは、帰りの市場で食うのに夢中になっておったのじゃろ」

揶揄《からか》うような言い方と笑う目に、ミトロフは姿勢を正して咳払いをした。ほんのりと頬が赤いのは、ミトロフにだって女の子を前に張りたい見栄というものがある。

「身体の調子を確かめるのに少し散歩を、な。いや、ちょっとくらいは、まあ、食事もしたが」

グラシエが小さく笑い、ミトロフの後ろではカヌレもくすくすと笑う。

これは分が悪いと、ミトロフは話題を進めることにした。都合が悪ければさっさと逃げるのが貴族の戦い方なのである。

「教会でなにかあったのか？　昨日、子どもらに呼び出されたと聞いたが」

グラシエがわざわざ自分の宿にまで来るほどだ。厄介な揉《も》め事《ごと》でも起きたのかといくらか身構えるが、グラシエは首を振って否定した。慌てた様子や焦りはなく、力の抜けた諦めのようにも思える。

「見てもらうほうが早かろう。われは、どうしたら良いものか分からぬ」

「それは構わないが……わかった、今から行こう」

カヌレを連れて踵を返すと、扉から顔を覗かせた冒険者たちと目があった。老若あって、男は多く、女は少ない。新人冒険者は多いが、宿賃の安さで居座っている馴染《なじ》みの冒険者も多く、ミトロフとは顔馴染みだ。

そんな奴らが漏れなくにんまりと笑みを浮かべている。目を細め、ほほう……と口を隠している。

「なにか言いたげだな」

ミトロフが威嚇するように睨むが、少年の背伸びにしか思われず、歳《とし》だけ重ねた大人たちは微笑みを浮かべている。誰かが口笛を吹いた。

「ミトロフ、この者たちは知り合いかえ？　すまぬ、あまりに下品な輩《やから》が触れようとしてきたのでな、のしてしまったのじゃが……」

「気にしないでいい。行こう」

ミトロフはため息をついて廊下を進む。すれ違いざまに揶揄う声がかけられるが、ミトロフはすっかり無視を決め込んだ。それでも頬が熱くなるのは怒りではなく、年相応の気恥ずかしさによるものである。

気になってふと振り返れば、グラシエは気にした風でもなくミトロフを見返して首を傾げた。窓からの陽光にきらきらと輝きを返す白銀の髪は、その一本一本を月の女神が紡いだ絹糸のようにすら思えた。

エルフは妖精族とも呼ばれ、その美貌を讃《たた》える詩に曲にと溢れかえり、どんな偉人でも一度はエルフに心を奪われると謳《うた》われる。

「なんじゃ？」

「――いや、なんでもない。行こう」

ミトロフはつんと前を向き、胸を張って歩いた。背後でグラシエとカヌレが世間話を交わす声に、少しばかり聞き耳を立てたりなどしてしまう。

ふたりはずいぶんと仲を深めているようで、ミトロフは会話に参加する機会も見つけられないまま孤児院に辿《たど》り着いた。

礼拝堂の出入り口に集まっていた子どもたちが気付き、駆け寄ってくる。

「ミトロフだ！　ミトロフ！　なんとかしてくれよ！　先生の絵が取られちゃうんだよ！」

コウがミトロフの腹を叩き、礼拝堂を示した。

「天井画のことか？」

「うん。うえにばーってかいてある、おっきなえだよ」

と、片目を隠した少女が答え、ミトロフの裾を引いて歩き出す。ミトロフはなすがままに進み、出入り口から中を覗いた。

並んでいた長椅子はすっかり脇にどけられ、中央には天井まで届く足場が立っていた。木を組み合わせたそれは立派なものである。今も何人と男たちが歩き回っているが、揺らぎもしない。

ミトロフは男たちを一目見て、その素性に予想がついた。

一番上に立ち、天井画に触れるほどに顔を近づけているのは鑑定人だ。隣に立っているのはおそらく美術商だろう。どちらも身なり良く、ミトロフが実家で見かけたことのある男たちと雰囲気が似ている。貴族や豪商などの金持ちに、価値ある美術品を手配する人間だ。

足場の奥、聖像の前にサフランが立っていた。手を後ろに首を仰け反《の ぞ》らせて天井画を見上げている。

ミトロフは少女たちにここで待つようにと告げて、礼拝堂の中に入った。

「いまは立ち入り禁止だぞ」すぐに声をかけてきた男は足場屋のようである。作業着の諸肌《もろはだ》を脱ぎ、束にした角材を肩に抱えている。

「それがどうかしたのか？」

ミトロフはあえて尊大な調子で言う。他人が自分の行動に口を挟むなど信じられない！　と全身で語る雰囲気といい、ちょいと顎をそらして下目で人を見る目つきといい、今のミトロフはどこから見ても平民が侮蔑する嫌味な貴族だった。

男は片眉をあげる。ああ、自分たちの作った足場の上で高尚なお仕事に励んでいる奴らのお仲間か、と当たりをつけた。だったら関わるだけ損をするだけとばかりに口をつぐみ、作業に戻っていく。

足場の隙間に苦労して腹を押し込みながら、ミトロフはサフランのところまで辿り着いた。隣に並び、同じように天井画を見上げる。

以前こうしたのは、気持ちいい夜のことだった。奥からは子どもたちの賑《にぎ》やかな声が届き、一灯に照らされて揺らめく天井の聖者たちの姿は、厳かな安らぎをたたえていた。

今では昼間だというのに部屋中にランタンがかけられ、不躾《ぶしつけ》なほどに照らしあげられ、果たして信仰心を持ったこともあるのか知れない男たちが、皮算用の目つきでその絵を舐《な》め上げている。

「――教会には、窓が多いでしょう。それは昼の日差しを充分に採り入れるためなのです。かつて教会とは貧しいものでしたから、蠟燭《ろうそく》の一灯すら惜しむ。天井画も、ステンドグラスも、昼の日差しを受けていちばん美しく見えるように作られています。油火でこんなに明るくされては、もったいない」

見上げた視線をそらさずにサフランが言った。

ミトロフは横目で彼の姿を見た。その目元にどんな感情が浮かんでいるのかを確かめたかったが、ミトロフの三倍もの歳を重ねた男の内心を見抜くことなどできるはずもなかった。

「これが、あなたの答えだったのか」

サフランは視線を下げ、ミトロフと顔を見合わせた。

「ええ。最初から予想はついていました。地上げだなんだと理由をつけながらも、目をつけられたのはこの天井画だと、ね」

「これは、グレイメールの絵だろう。老年から名を知られるようになった遅咲きの巨匠だ。若いころの作品は散逸……たまにどこぞの貴族の蔵から見つかっては、大変な値段がついている」

「ミトロフさんには鑑定の知識が？」

「いや、あそこにサインが入っている」

「………」

「線がのたくったように見えるだろうが、あれでグレイメールと読むんだ。同じサインを前にも見たことがある」

かつて貴族の子息が集まったのは、侯爵家の茶会だった。そこで次期侯爵の少年に自慢げに見せられたのが、大広間に飾られたグレイメールの絵画であり、そこで長々と講釈を聞かされた記憶がある。

「あなたは、この絵の価値を知らずにいたのか？」

「素晴らしい絵だと分かっていました。他人にとってどれほどの価値があるのかは関係ありません。私にとっては、どんな絵よりも素晴らしい。人生をかけるだけの価値があった」

「それを、売ってしまうのか。それとも差し出すのか」

「とある貴族の方に、売ります」

「マフィアが報復に来るだろう」

「人は自分の影を指さして、自分とは別の存在だとは言わないものです」

その一言で充分に、ミトロフは物事を理解した。

貴族と言えど、すべての家が歴史あるものではない。金で爵位を買える時代でもある。そして貴族が常に表舞台に立っているわけでもない。舞台で貴族という役を演じ、その舞台裏ではまた別の配役をこなしていることもある。

それを非難することは、ミトロフにはできない。

欲しいものがあれば手に入れる。それは権力を持つ者の傲慢であると同時に、権利でもある。ミトロフとてそうする。己にできる限りの行動を起こすだろう。

「絵を渡すだけで話は解決するのか？」

そこまで物分かりが良い相手だろうか、とミトロフは不安を伝えた。

「話をつけてくれた子がいまして。信頼できます」

「マフィアと話を？」ミトロフは眉をひそめ、ふと気づく。「あの、兄ィと呼ばれていた……」

サフランは苦笑する。

「あの子は、私が初めて引き取った子なのです」

「……〝浄火〟の話の子か？」

「ええ、その子です。ずいぶんと前にここを飛び出してそれきりだったのですが……久しぶりに、元気な顔を見られた。この絵を渡す代わりにこの教会に手出しはしないという話で、うまくまとめてくれたのですよ」

ははは、と明るく笑う顔には屈託がない。それは成長した息子と再会した親の顔であるように見えた。

「本当に、良いのか？」

あの夜、サフランが語って聞かせてくれた想《おも》いを、ミトロフは忘れていない。ひとつの絵に魅入られ、人生をまで変えた思い入れである。それを失うことの意味は、決して軽いものではない。

「良いんです。この絵が私の手には負えなくなり、また別の場所に赴く時が来たということでしょう。独り占めできなくなるのは残念ですが……今の私には、もっと見守りたいものがあります」

笑いかけるサフランの顔は軽やかだった。ミトロフの肩越しに視線を向ける。振り返ると、出入り口に子どもたちが集まり、サフランを見ている。

「あの子たちは可能性です。未来につながっている。時を止めた絵をいつまでも見上げるより、ずっと楽しい」

そうか、とミトロフは頷いた。そうかもしれないな、と。

それに、とサフランはミトロフの耳元で声をひそめた。

「このように正式に専門家と商人を挟みましたからね。しっかりとお金を頂くつもりです。お金はいくらあっても見飽きませんからね」

司祭らしからぬ物言いに、ミトロフはたまらず噴き出した。

7

裏庭のベンチにミトロフとグラシエは並んで腰掛けている。

サフランが天井画を手放すことの意味を、ミトロフはグラシエに語った。サフランの自己犠牲のようにも見えるが、それは正しくない、と。

彼は新しい野望を抱いたのだ。過去の夢を清算し、新たな旅のための資金に換えることを決断したのであって、それを周りのものが悔やんだり、引き留める必要はないのだと。

グラシエはううむと唸《うな》っていたが、自分の中で折り合いをつけるために頷きを返した。

それでひとつの話題に区切りがつき、ふたりの間に日中の暖かな陽気が溜《た》まった。礼拝堂には見知らぬ大人たちが出入りを繰り返しているが、子どもたちはすでにそれを気にしていない。サフランが事態をよく語って聞かせたことで理解をしたようであった。

子どもだからと甘く見ることはできないものだとミトロフは思う。

とくにこの教会にいる子らは、ミトロフよりもよほどしっかりと現実と向き合っている。ゆえに年齢と精神の幼稚性は比例しないものだ。

裏庭で子どもたちが駆け回り、ラティエとカヌレが洗濯物を物干しにかけている。その光景を眺めていたが、ミトロフはちらとグラシエに目を向けた。

サフランが問題の解決を定めたことで、グラシエの抱えていた孤児院を脅かす存在への心配も収束が見えている。

彼女は姉のラティエが住まうこの孤児院の存続と、裏社会の権力者との諍《いさか》いによる荒事を警戒して、ミトロフと行動を共にしていなかった。

すべての心配がなくなれば、ふたりはまたパーティーを組み、迷宮に挑む日々が戻ってくるはずだった。それがどれほど充実したものになるか、ミトロフは想像するだけで心が華やぐのだ。

孤児院の裏に茂った草木の向こうから虫の声が聞こえている。裏通りのどこかで木戸が閉じられる音がかすかに鳴った。

ミトロフが、

「ぼくはきみを守ることができない」

と言ったとき、グラシエは不思議な感覚を得た。

それはあまりに鮮明な光景であったために、目が覚めてもまだ夢だとは気づけないでいる夜明けの時間に似ていた。

グラシエはエルフ族の中では若輩でありながらも、狩人として過ごした時間と経験は長い。

木陰の中に息を潜め、獲物の動向を見定め、呼吸を知る。弓に矢をつがえて引き絞るとき、指から離れる前に必中の光景を見ることがある。

その矢が外れたとき、グラシエは呆然《ぼうぜん》とする。そんなはずはなかったのに……なにが起きたのだろうか……。

「……われとパーティーを組むつもりはない、と。そういうことか」

「そうじゃない」

ミトロフは決然と言った。

引き伸ばされた唇は結ばれている。奥歯を噛み締めているからだ。瞼に力が込められているために、普段よりも瞳孔が大きく見える。

ある種の頑なさがまとわりつく雰囲気を、グラシエは感じ取る。

揺るがぬ答えを自分の中に見つけた者がそれを実行に移すとき、独特の気配がある。目に見えずとも壁が生まれ、どんな言葉もその壁を通り抜けられない。

「きみはたくさんの人に慕われてる。子どもたちがきみを待っている。もし迷宮で死んでしまえば、悲しむ人は多い」

「おぬしとカヌレは違うとでも言うのか？」

「カヌレはぼくより強いし、迷宮に潜る理由がある」

彼女の身に振りかかった古の呪いは、どんな賢者にも治す術《すべ》がない。唯一その手掛かりがあるとすれば迷宮の中だけである。

「ではミトロフ、おぬしはなぜ迷宮に潜るのじゃ？　呪われてもおらぬ、財宝を見つけて一攫千金《いっかくせんきん》を狙うでもなく、身を立てる必要もないであろう？」

「ぼくは、怠惰だ。怖がりだし、自分に甘いし、勇気も度胸も足りていない。努力もしてこなかった。毎日を無意味に過ごしてきた。だからぼくの人生に特別な日も、ああよく頑張ったと満足に眠れる日もなかった」

でも、とミトロフは言葉を続けた。

「迷宮に挑むとき、ぼくは……生きている。魔物と戦って呼吸をするたび、熱が肺を膨らませる。勝てば嬉しい。負ければ、悔しい。次はもっとやれる、ぼくはもっと成長できる……迷宮の中で、ぼくは変わっていける。ぼくは人生で初めて、自分の意思を感じた」

言い切って、ミトロフは憑《つ》き物が落ちたように晴れやかな顔をしている。

悩みながらも言葉にしながら、自分で自分の気持ちを見つけていくようなことが、時にしてある。誰かに本心を話すことも、ぶつかることも避けてきたミトロフにとって、今まさに感じているその変化は、奇妙な高揚すら感じさせた。

グラシエが初めてミトロフと出会ったとき、その顔は鬱屈としていた。希望を持たず、明日を恐れて逃げ回り、いつまでも夜の帳《とばり》にしがみついている人間だった。

しばらく見ない間に、その顔はすっかりと変わっていた。

ミトロフは頬を紅潮させ、熱を宿した瞳でグラシエを見据えた。

焚《た》き火《び》の中心に盛る熾火《おきび》——エルフはその長寿性のために感情が希薄になる。自らを見つめるミトロフの瞳に灯る感情の熱に、グラシエは捉えられたと感じた。これほどに情熱的な目を向けられたことはない。

ミトロフは言う。

その言葉を自分が拒絶できないことを、グラシエはもう知っていた。

「ぼくはきみを守れない。ぼくは、弱い。だからぼくにはきみが必要だ」

グラシエは目を見開いた。

男とは、女を守るもの。騎士とは姫を守るもの。それが当然のこの世界の中では、ミトロフの言葉は情けないものだった。

だが、グラシエはその言葉に喜びを得た。

エルフの里の中で弓を持ち、男勝りに狩りをしてきたグラシエは浮いた存在だった。女ながらに、という言葉が常について回っていた。磨いてきた弓の技はグラシエの誇りである。自分の誇りも丸ごとに、必要とされている。

「おぬしは、旋風の中心のようじゃな」

「……どういう意味だ？」

捉われた落ち葉は逆らいようもなく引き込まれ、中心に吸い寄せられる。そんな不思議な力が、目の前の男にはあるようだ……しかし口には出さず、グラシエは目を細めた。

「われの答えは決まっておる。おぬしを放っておくと心配でいかん。此度《こたび》も勝手に厄介な敵と戦いおって」

「ぶっ……そ、それは、すまなかった。心配をかけた」

「なんでまたひとりで挑んだのじゃ？」

ミトロフは腕を組んで目を閉じ、黙り込んだ。唇を尖《とが》らせながら。

「お、男の意地だ」と答える。

「男とは、まったく」

グラシエは目を見開き、やれやれと首を振った。

「もう二度と無謀なことはするでないぞ。それは約束してもらう」

「……分かった。約束する」

「良きかな」

グラシエは微笑み、ミトロフの頬をつまんだ。もっちりとした触感は予想だにせず心地よいものだった。

「なにをひゅるんだ」

「おしおきじゃ」

むにむにむに。

「ええい、やめろ！」

「なんじゃ、楽しんでおったのに」

ミトロフはグラシエの手首をつかんで外し、その勢いのまま立ち上がった。グラシエの手を引いて歩いていく。

きょとんとしたグラシエを伴って、向かう先はラティエのところだった。近づく気配に振り返り、大方を察したカヌレはスッと身を引いた。

「ラティエ殿」

改まった呼び方にミトロフの緊張が表れている。

小さなシャツを手に振り返ったラティエに、ミトロフは鼻息も荒く向かい合った。言葉を溜め、

三人の間に沈黙が満ち、ミトロフはついに口を開く。

「ぼくは、ひとりではなにもできないダメなやつだ」

「――はい？」

「多少の金勘定と、刺突剣を振るうこと、食うこと以外は、ろくなことができない。今回もまた、カヌレとグラシエに助けてもらった。これからも助けてもらわなければ、生きていける自信がない」

ラティエがどう感じているのかを、ミトロフは考えない。これまではずっと相手がどう思うかを察するように生きていた。今はただ、自分の中にあるものを伝えたいと思っている。

「ぼくは、自分を強い人間だと思いたかった。いつか、何かすごいことができる人間だと。でも、それは違った。ぼくは、弱い人間だ。それを知った。だから、ぼくはいざとなったら逃げる」

「逃げるのですか」

ラティエが訊《き》き返す。ミトロフは自信満々に頷いた。

「ああ、逃げる。だが、ぼくが逃げるのは仲間を逃したあとに――いちばん最後だと誓う」

ミトロフはグラシエとカヌレを見やった。

「カヌレとグラシエがいてくれたら、ぼくは心強い。ぼくだけなら出来ないことも、勝てない相手にも、三人でなら勝てる。ぼくには彼女が必要だ。だから、グラシエと共に迷宮に挑むことを許してほしい」

ラティエの返事には間があった。胸に抱いたシャツに、ぎゅっと力が入った。

「自分が弱いことを知っている人は、強さを誇る人よりも希少なものです。あなたがそれを忘れずにいてくれることを、私は願います」

答えて、ラティエはグラシエに顔を向けた。

「グラシエ――気をつけるのよ。必ず帰ってきて。何度でも」

「……もちろんじゃ、姉上」

「カヌレさん、あなたもよ」

「――はい」

呼びかけられた声が予想外だったのか、カヌレの返事は上擦っていた。

「ミトロフさん」

「う、うむ」

「妹を、よろしくお願いします」

深々と下げられた頭に、ミトロフもまた同じくらいに深く頭を下げた。

エピローグ

朝のギルドには活気と疲労が入り混じっている。

汚れのない装備に身を包み、これから迷宮に挑む冒険者と。汚れと疲労と怪我《けが》を抱え、それでも満足げな顔をした冒険者と。そして何かを失い、歯を食いしばり、見えぬ重荷を背負って歩く冒険者と。

幾人もとすれ違いながら、ミトロフたちは受付カウンターに向かう。すでに顔馴染《かおなじ》みになっている受付嬢が笑みを浮かべ、ずり落ちた丸眼鏡を押し上げた。

「またお揃《そろ》いになったのですね」

「ああ、今日からはまた三人だ」

ミトロフは後ろに立つふたりに顔を向けた。

ひとりはエルフの狩人《かりゅうど》である。弓の名手であり、優れた判断力と冷静さを持ち合わせている。筋力強化という昇華によって必殺の一射を操り、銀の風のように俊敏だ。

ひとりは骨身の騎士である。丸盾を自在に使いこなし、類まれな忍耐力と戦闘において揺らがぬ精神力を身につけている。迷宮の呪いによって比類なき怪力を宿しており、彼女の守りは鉄のように堅い。

「お三方は正式にパーティーとなるそうですね。ええと、あ、カードを二枚お渡しするようになっております」

受付嬢は手元の書類に目を通し、引き出しからカードを取り出した。差し出されたカードを、ミトロフが受け取る。

一枚はカヌレの名が刻まれた冒険者カードである。それをカヌレに差し出す。

冒険者になるのに資格は必要ないが、必ず審査がある。犯罪者を弾《はじ》くためだ。カヌレは犯罪を犯していないが、その見目は魔物と変わらない。正式な冒険者となることは難しいがために、これまでは審査の要らない荷物運び《ポーター》だった。

カヌレは手を差し伸ばし、カードに触れる前に一瞬、ためらいを見せた。その視線がミトロフを見上げている。ミトロフはフードに隠れたカヌレの瞳に頷《うなず》いて見せた。黒革の指がカードを取った。

「これでカヌレも正式な冒険者じゃのう」

からからと笑うグラシエの声。

カヌレは頷き、大切なものを守るようにカードを胸に抱いた。

ミトロフの手に残ったもう一枚のカードは、個人の冒険者カードよりひと回り大きい。銀板には金細工の縁取りがされ、中央には三人の名前が刻まれている。

どうやらあのハシャスメという職員は抜かりなく手続きをしてくれたらしい。ひっくり返して裏面を見れば、そこには羽印が刻まれていた。

ミトロフは首を傾《かし》げる。

第三階層に至った時に、ミトロフのカードには羽印が打刻された。それは迷宮の縦穴を行き来する大昇降機を利用するための手形である。その羽印は片羽だけの素朴な物だったが、このカードに記されているのは金の二枚羽であった。

「そちらは大昇降機の利用許可証になります。提示して頂ければ無料で利用できます」

「無料!?」

ミトロフは大昇降機に憧れながら、その利用料の高さゆえに乗れずにいたのだ。身につけ始めた庶民感覚が、無料という言葉の素晴らしさを理解させてくれる。

「い、良いのか……乗っても……」

「？　はい。どうぞご存分に」

ミトロフはパーティーカードを両手で握りしめ、素晴らしい贈り物をもらったかのように眺めた。どうやらハシャスメからの〝見舞い〟のおまけであるようだ。

「パーティー名の登録もあるのですが、どうなさいますか？」

「あ」

受付嬢の声に、ミトロフは意識を取り戻す。パーティー名を決めるのをすっかり失念していた。

ミトロフは振り返り、どうしようかと訊《たず》ねた。

「おぬしがまとめ役じゃ。好きにせよミトロフ」

「ミトロフさまのお気に召すままに」

一任され、ミトロフはぐっ、と悩み込んだ。

貴族の常套手段《じょうとうしゅだん》、一度持ち帰って検討する、という手もあったが、女性ふたりを前にしては、決断力のあるところを見せたいというのがミトロフの意地だった。

頭の中で言葉を探す。古い言語で響きの良いものや、神話に登場する聖剣の名前などを提案しかけたが、ミトロフはギリギリで踏みとどまった。

改めて自分たちにしっくりくるものを見つけようと目を閉じてしばらく、ふと言葉が浮かんだが、それはやはり食事に関わる言葉だった。

「――〝アミューズ〟というのはどうだろう」

「ほう、どんな意味じゃ？」

「コース料理の最初のひと皿……〝大切なはじまり〟のことだ」

グラシエとカヌレは顔を見合わせ、互いに頷き合った。

「良きかな」

「良い名前であるかと」

「よし」

賛同を得られ、ミトロフはパーティーカードを受付嬢に戻し、名前を告げた。

受付嬢は受け取ったカードを活版機に挟んだ。棚から取り出した古びた箱の中に小さな棒がぎっしりと並んでおり、ひとつひとつが文字の型となっている。手早く文字を拾い上げて活版機に並べ、レバーを押し下げると、金属が打刻される軽やかな音が響いた。

どうぞ、と返されたパーティーカードの最上部に〝アミューズ〟と名が刻まれている。

たったひとつの単語が加わっただけだというのに、それが胸を温かくした。自分たちが改めてひとつに纏《まと》まったこと、そしてここからまた、冒険が始まるのだと。

ミトロフは振り返り、パーティーカードをふたりに差し向けた。

「ふたりとも、決して後悔はさせない」

意気込んだ様子のミトロフに、グラシエが柔らかく笑いかける。

「のう、ミトロフや。冒険者は助け合い――そう言うたじゃろう。おぬしだけが背負うことはなにもない。われもカヌレも、おぬしを助けたいと思っておる。守りたいと思っておる。おぬしもそうじゃろう？　そんな人間が三人も揃えば、ほれ、恐れるものはなにもないとは思わんか」

グラシエの言葉は、ミトロフが無意識に作り始めていた心の結び目をそっとほどいてしまったようである。

どこかで気負っていたものがすとんと落ちてしまう。たしかに、とミトロフは思う。

ぼくひとりで出来ることは、たかがしれているのかもしれない。迷宮に巣食う魔物は強敵ばかりだ。〝魔族〟と呼ばれる恐ろしい存在もいる。そんな場所で、ひとりで気張って剣を振るったとして、どれほど戦えるものだろう。

ひとりでは行けない場所にまでも、この三人ならきっと辿《たど》り着ける。

ミトロフは笑った。

グラシエもカヌレも、初めて見る笑顔だった。年相応のあどけなさを宿した、本来のミトロフの、少年のような笑みだ。

「そうだな、ふたりには遠慮なく頼らせてもらう。だからぼくのことも頼りにしてくれ」楽しくて仕方ない、という風に声をあげる。「薬草が見つからなくてすっかり困っていたんだ。グラシエならきっと簡単に見つけてしまうだろうな」

今日は薬草を探そう。いや、グラシエが慣れるために第二階層をゆっくり回る方がいいか？　ギルドからの討伐金のおかげで、施療院への借金は目処《めど》が立った。今日の帰りにでもカヌレのために武器を見繕って……未来を考えるだけで、ミトロフの心はわくわくした。

そんな日が来ることを、過去のミトロフは想像もしなかった。人生とはこんなにも色鮮やかなものだったのかと、こんなにも心が躍るのかと、ミトロフは不意に何かが込み上げてくるのを感じた。

「時間はたっぷりある。今日は始まったばかりだ」

ミトロフは喉を詰まらせながら笑みを浮かべる。

じゃあ、行こうか。

ミトロフが言った。グラシエとカヌレが頷き、三人は連れ立って迷宮へ向かって行った。

了

番外編 皿盛りのデザート～迷子を添えて～

ミトロフには、この街で暮らしていることに、いまだに慣れないところがある。ミトロフは伯爵家の三男として生まれ育ち、幼いころは王城での舞踏会にもよく参加させられたものだが、その道中はもっぱら馬車での移動である。ミトロフにとって、街とは馬車の小窓から覗《のぞ》き見るものだった。街には人があふれている。幾多の種族が集い、老いも若きもあり、貴族の姿は見えず、平民ばかりが活気とともに生活している。

彼らは誰もが帰る家を持ち、日々の糧を得るための職につき、毎日を生きている。そうしたごく当たり前の事実が、ミトロフにとっては物珍しい感触を胸に抱かせるのである。

屋敷や馬車の窓からは人の暮らしは覗きえない。これまでの自分の人生には、同じ立場である貴族の人々しか存在しなかった。もちろん周りには多くの従者や下働きがいたが、貴族にとって従者は家具と同じであり、生活の中の風景と化しているものだ。

街で暮らしはじめてしばらく、ミトロフは「こんなに人間がいるのか」という、いま思えばあまりに馬鹿らしい実感と驚きを日々感じたものだった。

冒険者という身分で街に暮らすことに慣れてはみても、ふと思い出したように奇妙な感覚に陥ることがあった。

加えて、これまで移動となれば馬車で運ばれるだけであったミトロフにとって、街はあまりに広く複雑なのである。似たような建物が並び、時に細く入り組んだ裏道が交わる。

ぼんやりと「なんて人が多いんだろう、不思議だなあ」などと気を抜いていると、うっかり曲がる道を間違える。

すると、どうしたことか、気づけばまったく見覚えのない通りに立っていることになるのだ。

「……また迷ってしまった」

すでに迷子も手慣れたものだ。ミトロフは人の流れから外れて道の端に寄り、古着屋の軒先で立ち止まった。見覚えはないかと視線を巡らせる。運が良ければめぼしいものが見つかるが、今回はさっぱりだ。腕を組んでため息をつく。

幸い、今日は迷宮の探索は休みである。自分が迷子になって困る相手はいない。

つい先ほど、施療院に入院しているブラン・マンジェの見舞いをした。それで今日の用事は終わっている。日はまだ高く、時間さえ掛けて歩き回ればどうとでもなるだろう。

街人の暮らしに馴染《なじ》んだとは言えないが、迷子になったときの落ち着きは身についたようである。

さてひとまずは来た道を戻ってみるか、と顔をめぐらせたとき、少女と目が合った。

「……」

「……」

隣の軒の下に立ち、ミトロフと同じように店に背を向けて立っている。ミトロフがつい不躾《ぶしつけ》に視線を留めたのは、少女の身なりが場違いに上質だったからだ。

肩で柔らかな膨らみを見せる流行のシャツは真白く、藍色のスカートは自然にふわりと広がり軽やかな印象を与える。生地の傷みや皺《しわ》もなく、手入れの行き届いた服はそれだけで富裕層の証《あかし》である。スカートが広がるのは生地が厚く上質なためであり、それを普段着のように着こなす人間は街ではそう見かけない。少女自身の背に芯の通ったような品のある立ち姿も合わせて、ミトロフの見識眼では間違いなく貴族の子女である。

街では明確な住み分けがされており、貴族や富裕層が住む区画は立ち入りが制限されることもある。少女の身なりはそうした場所に相応《ふさわ》しいが、冒険者や余所者《よそもの》が自由に歩き回るこの辺りではひどく浮いていた。

ミトロフはそっと視線を外し、正面を向いた。少女も同じように前を向く。

背負い籠に山盛りの野菜を詰めた農民たちが五人ばかし、訛《なま》りの強い方言を響かせながら通る。

ふと少女に目を留めると目を驚かせ、頬を緩めながら声音を高くした。

少女のことを可愛《かわい》らしいと褒める言葉だったが、少女はびくりと肩をすくめ、きょどきょどと不安げな顔をみせた。

ミトロフはそっと少女の周囲を窺《うかが》う。

普通、貴族の子女がひとりで出歩くことはないが、近くに従者らしい身なりのものはいなかった。

ミトロフは唸《うな》りながら顎肉をつまんだ。

声をかけるべきか。いや、誰かを待っているだけで、余計なお世話かもしれない。そもそも街中で急に声をかけることは礼儀から逸脱するし、不用意に近づくと怯《おび》えさせてしまうのでは……。

うんうんと悩んでいると、ふと違和感に気づく。

人のあふれた街暮らしよりも、迷宮での戦いの日々に適応するほうが早い。魔物との戦いを繰り返す中で磨かれた感覚は、雑踏の中から向けられる異質な視線を目敏《めざと》く捉えた。

少し離れた屋台の前で、三人の男が串焼きを食っている。何ごとかを話しながら、それとなく、しかし間違いなく少女に目を向けている。腰に剣をさげているところと、伸び放題の無精髭《ひげ》、シミ汚れのこびりついたほつれた灰色のシャツ……貴族は外見で人間を判断する。こうした身なりの善人は少なく、警戒するに越したことはない。

ミトロフは意識を改めると、気持ち程度だがシャツの皺を叩《たた》いて伸ばし、少女に歩み寄った。少女は腰を引き、それでも怯えを悟られぬようにと表情を硬くしてミトロフに顔を向けている。

ミトロフは幼いころに家庭教師に厳しく教え込まれた紳士の笑みを浮かべ、

「お声がけすることをお許しいただけますか？　可憐《かれん》なティランの花に目が留まってしまったのです。このような場で思いがけず春に出会えた感謝をお伝えしたく」

「……！　き、貴族の方、ですか？」

ティランの花とは藍染めの原料であり、貴族が好む上質な藍色の多くはこれを使う。とうに過ぎたこの季節に春に咲く花に出会えたという表現は、遠回しに、あなたは場違いなところにいるが大丈夫か、という問いかけである。

貴族流の話し言葉と、藍染めの原料の花までを知っていると示すことで同じ身分であることを示唆し、相手の事情に深入りはせず、品位を傷つけない形で様子を窺うという、実に回りくどい貴族流の会話だった。

しかし少女の返答は実に簡潔かつ直結である。それは少女が社交界にまだ馴染んでいないことと、会話の意をしっかり読み取る余裕がないこと――つまり迷子らしい、とミトロフは当たりをつけた。であれば回りくどい言葉遣いをする理由もあるまい。

「ああ、そうだ。こんな身なりだが、いまはお忍びで外出している」

本当は家を追い出された身であるが、詳細まで説明するとややこしいことになるのは自明である。なにより、貴族であると名乗っておいたほうが少女の安心につながるだろうという判断だった。

それに間違いはなく、少女は見るからにほっとした様子を見せて肩の力を抜いた。

「ああ、良かった。街にこんなに人がいるとは思わなくて……お恥ずかしいのですが、すっかり道に迷ってしまったんです」

「気持ちはよく分かる。ぼくもここに来たころは迷ってばかりだった」

いまもちょうど迷っていてね――と付け加えるのはやめておいた。

「申し遅れた。ぼくはミトロフという」

「あ、こ、こちらこそご挨拶もできず、失礼を見せました。ティアンと申します」

少女は慌てた仕草ながらに、スカートを持ち上げ、片足を引いて腰を落とすという淑女の礼を見せた。簡易な所作だが、その振る舞いだけでも大よその身分の推測はできるものだ。

「失礼だが、側仕《そばづか》えはいらっしゃらないのか？」

「……」

ティアンは居心地も悪そうに視線を迷わせた。胸の前で指を組み、おずおずとミトロフを上目遣いで見る。

「あの、ミトロフさまは、お忍びでいらっしゃいますよね？　家名もお名乗りになりませんでしたし。もしよければなのですが、ただの街人として、お相手してくださいませんか？」

「……事情がある、ということか」

「いえ、決してご面倒をおかけするようなことではなくてっ」

ティアンが首を左右に振る。顎先で切り揃《そろ》えられた青い髪が軽やかに揺れる。

事情を抱えていない貴族は存在しないと言っていい。安易に他家の事情に巻き込まれてしまうと、時には命懸けになる。

できれば関わらずにいたいところだが、ティアンを置き去りにすれば彼女の身が危ういのは予想に容易《たやす》いことだった。飢えた狼《おおかみ》たちの眼前に羊を放つようなものだ。

「わかった。ただの街人として話を聞こう」

「……！　感謝します、ミトロフさま！　ああ、夜の荒野に輝く星とはあなたのことを言うのでしょうね、お恥ずかしながら、途方にくれていたんです」

少女は頬を赤らめながら、一歩身を寄せた。周囲に盗み聞きされていないかを確かめるように見回して、自らの秘密を打ち明けるように声を潜めた。

「実は、家を抜け出して来たんです。どうしても行きたい場所があって」

「……だろうとは思った」

「もちろん、すぐに戻るつもりだったのですが、街がこんなに広いとは知らなくて……場所が分からずに困っていたのです」

「だったら一度、戻ったほうが良いと思うが。遠からず騒ぎになるだろう」

いや、もうなってるだろうな、とミトロフはため息をつく。この状況で見つかれば、誤解されて自分が捕縛される可能性もあるな、と考える。

頷《うなず》いてくれれば話は早かったが、ティアンは意志を強くした瞳でミトロフを見返した。

「私、どうしてもそこに行きたいのです。

「つまり、ぼくに、そこへ案内してほしいと？」

「そこまでのご面倒をおかけするわけには行きません。ただ、もしご存知ならその場所を教えていただきたいのです」

「知っている場所なら教えられるが……」

冒険者が親しむ迷宮区のあたりならば道案内もできるが、社交界にもまだ縁が薄い少女がまさか武器屋に用があるとは言わないだろう。

「アシェット・デセールというお菓子屋です」

「お菓子屋？」

途端、ミトロフの目に輝きが灯《とも》った。貴族の関わる面倒ごとを忌避したいという無気力さは消え去り、眉間に力がこもり、顔立ちまでどこか凛々《りり》しく見える。

「詳しく聞こう。どんなお菓子屋なんだ」

「は、はい、青い壁をした――」

「いや、外観は結構。お菓子について聞きたい」

「え、お菓子について、ですか？　ええと、フランとか、シュー・ア・ラ・クレームとか、パリブレスト、それにタルト・シトロン、ババ・オ・ラム……」

「素晴らしい！」

「ひゃっ!?」

鼻息荒く声を上げたミトロフの尋常でない様子に、ティアンはびくりと身を引いた。先ほどまではお手本のように礼儀正しい貴族の紳士であったというのに……。

日ごろの察しの良さをすっかり手放し、ミトロフは少女の怯えた視線にも気づかずにいた。なぜなら口内に蘇《よみがえ》る菓子の記憶の味わいに夢中になっていたからだ。

「どれも皿盛り《アシェット・デセール》のデザートの名に相応しい。それを食べられる店が、この街に？」

「は、はい……あの、実はそこで姉が働いていて……」

「お姉さんが？　だが……」

きょとんと訊《たず》ね返すミトロフの言外の疑念に、ティアンは頷きを返した。

「はい。貴族の身分を隠しているんです。姉は菓子作りが大好きな人で、ついに菓子職人になるために、そのお店で修行を」

「なるほど、そのお姉さんに会いたいというわけだな。事情はわかった。それは是非とも会いに行くべきだろう。しかしこの街はなかなかに複雑だし、何よりきみをひとりで行かせて何か起きたらお姉さんに申し訳が立たない。ぼくも付き添おう」

「……は、はい？」

「よし、そうとなればさっそくその店に向かわねば」

「え、あの、もしかして場所をご存知なんですか？」

「知らない」

とミトロフは堂々と首を横に振った。

「家庭教師は教えてくれないが、こういうときに簡単に場所が分かる方法がある。ぼくはもう手慣れたものだ」

「そ、そんな方法が……!?」

「ああ、見ているといい」

凜々しく告げて、ミトロフは軒先から雑踏に踏み込んだ。そして通りがかりの——人の良さそうな人を瞬時に見抜き——声をかけた。

「すみません。道を聞きたいのですが」

道に迷ったときは誰かに訊《き》く。これがミトロフが街暮らしで身につけた、生活の偉大な知恵である。

ϕ

アシェット・デセールという菓子店は新興の商業区にあり、幸運なことにふたりが立ち往生した場所から歩いて遠くない場所にあった。

店の外観からして洒落《しゃれ》た佇《たたず》まいは貴族的な文化が感じられ、上流社会のティータイムを体験するかのように、美味《うま》い菓子を楽しめる店のようである。

客層は身なりの良い女性客ばかりで、男の姿は片手でも余るほどしか見かけない。これは自分ひとりではとてもじゃないが落ち着けないな、とミトロフは冷や汗をかいた。

ふたりが店内に入ると、ちょうど忙しく働いていたティアンの姉と出くわした。姉は飛び上がるほどに驚き、慌て、焦り、ティアンの身の安全に安堵《あんど》していた。ティアン本人のほうが戸惑っているくらいだったが、ミトロフには姉の気持ちがよく分かった。

貴族の住む世界と、街の暮らしは何もかもが違う。安全が約束されていないのだ。ティアンのような身なりの良い少女がひとりで出歩くことは危険極まりない。

姉に深々と礼を重ねられ、ぜひ菓子を食べていってくれと頼まれては、それを断るのはかえって相手に失礼というものである。

ミトロフには決して、間違いなく礼を期待するような下心はなかった。貴族のよしみとして少女を放ってはおけなかっただけである。だがせっかくのご好意を断るわけにはいかない。お言葉に甘えてティアンとテーブルを囲むことになった。

皿には真白いクロスがかかり、揃いのカップとソーサーには紅茶が注がれている。店内の調度品も合わせて、秩序と調和が満ちた空間に、ミトロフは懐かしい居心地の良さを感じた。これこそが慣れ親しんだ空間である。

そして運ばれてきたのは、一皿に盛られたお菓子である。

ゴツゴツとしたパータ・シューの生地を半分に割り、そこにクレム・シャンティを挟んだシュー・ア・ラ・クレーム。

タルト生地の上にレモンクリームを流し込み、メレンゲを香ばしく焦がしたタルト・シトロン。

菓子パンをシロップとラム酒につけ、生クリームを添えたババ・オ・ラム。

どれもが貴族の食卓を飾る定番のデザートであり、もちろんミトロフの好物たちであった。

「ああ……また出会えるとは……」

鼻がひっきりなしに動いて止《や》まない。スイーツの香りはどんなワインの芳醇《ほうじゅん》な香りよりもミトロフを喜ばせるのだ。まるで故郷に帰ってきたかのような感動が胸をついた。

目の前に座るティアンに、ミトロフは礼を言う。

「きみのおかげで素晴らしい店を知れた。こうして菓子までご馳走《ちそう》になっている。最高の日だ」

「そ、そこまでお礼を言われることでも、ないと思うんですけど……」

ティアンは歳《とし》に似合わぬ苦笑を見せた。年上のクセの強い紳士に対応する淑女らしい所作をひとつ身につけたようである。

「こちらこそ、ミトロフさまのおかげで姉に会うことができました。あのまま、姉に会うこともできずに帰ることになっていたら、きっと思い残していたと思います」

「思い残し？」

ミトロフの問い返しに、ティアンは大人びた笑みを浮かべる。

「私、来週には聖ロレンティア女学院に向かうんです。全寮制ですし、次に帰って来られる日も、こうして街に抜け出せる機会も、いつになるか分からないんです」

ティアンは笑みを浮かべた。

「私は夢も、目標もないけど……姉はずっとお菓子作りが好きで、お菓子職人になるんだって何度も父と喧嘩《けんか》をして、それでついに父は姉を追い出してしまったんです。勘当だ、って」

「……」

「でも、いつも姉のことを心配して、姉がこのお店で修行を始めたって知ったら、こっそり買いに行かせたりして。なのに、それは姉には言わないようにって念を押すんですよ。おかしいですよね、自分で追い出したのに。でも、親ってそういうものなのかもしれないです」

「……」

「姉は私の憧れなんです。女学院でも頑張れるように、行く前にどうしても会っておきたくて。だから本当にありがとうございます。あのときお声がけいただいたおかげです」

「――いや、良いんだ。助けになれたならよかった」

「ミトロフさま？」

ティアンは首を傾《かし》げる。先ほどまでの浮かれた様子がすっかりと落ち着き、ミトロフがやけにおとなしい。

「さ、そろそろ腹が鳴ってしまいそうだ。ご馳走になってもいいかな」

「あ、失礼しました！　ぜひ召し上がってください。姉の作るお菓子、とっても美味《おい》しいんですよ！」

娘を思う父の気持ち。姉を慕い尊敬する妹の気持ち。それがやけにミトロフの胸に沁《し》みた。こんなときには甘いものがちょうどいい。どうにも拭えないほろ苦さを、きっと和らげてくれるだろう。

ミトロフはフォークを取り上げ、美しく盛り上がったシュー生地にさくりとさし込んだ。

あとがき

試験勉強の前になると、机を整頓したくなるのが人類ですよね。それを勉強が捗《はかど》らない言い訳にする心理を、セルフ・ハンディキャップと呼ぶそうです。

この説を提唱した人は僕らのような本当の怠け者の生態を理解していないようです。

掃除を終えたあとは「二千円のシャーペンがここにあれば」「三万円のキーボードがここにあれば」と妄想をするのが通常であって、掃除をした程度でハンディキャップになるような柔な生き方でここまで来ていません。

いつもお世話になっております、作者の風見鶏《かざみどり》です。


今作は、ミトロフが試験や〆切よりも強大な敵を前に、セルフ・ハンディキャップに苦悩しながらも自らを奮い立たせて挑んでいくお話です。

ミトロフは目的を果たすために必要な道具を駆使します。良い道具を揃《そろ》えたところで、道具が目的を達成してくれることはありません。「弘法《こうぼう》は筆を選ばず」と言います。筆を扱う人間が肝心であって、道具は二の次なのです。さすが弘法、真理をついている。

でも待てよ、これじゃ道具を買《か》い揃《そろ》える理由がなくなってしまうな……と調べたら、弘法、仰《おつしや》ってました。

「能書必用好筆（良い書には良い筆が必須）」

ほう……なるほど……。良い筆があれば良い書が書けるとは限りませんが、良い書には良い筆が必要なようです。

なので僕は今日も〆切前に部屋の掃除をしますし（良い環境）、二千円のシャーペンも買いました（良い筆）。弘法が言うなら仕方ない。これで良い本ができたかどうかは、読者の皆さんの判断に委ねております。第三巻、いかがだったでしょうか。


今作もイラストレーターの緋原《ひはら》ヨウさんには素晴らしいイラストを描いていただきました。ミトロフはますます愛らしくも凜々《りり》しい姿になっております。

また、コミックガルドにて、六月七日から本作のコミカライズが連載開始しております。Pechka先生による一味も二味も加わった新たな太っちょ貴族の物語も、ぜひお楽しみください。

それでは、またお会いできることを願いつつ。

二〇二四年　五月　風見鶏

作品のご感想、
ファンレターを
お待ちしています

・あて先・

〒141-0031 東京都品川区西五反田 8-1-5 五反田光和ビル4階
ライトノベル編集部
「風見鶏」先生係／「緋原ヨウ」先生係

スマホ、PCからWEBアンケートにご協力ください

アンケートにご協力いただいた方には、下記スペシャルコンテンツをプレゼントします。
★本書イラストの「無料壁紙」 ★毎月10名様に抽選で「図書カード（1000円分）」

公式HPもしくは左記の二次元バーコードまたはURLよりアクセスしてください。
▶ **https://over-lap.co.jp/824008589**
※スマートフォンとPCからのアクセスにのみ対応しております。
※サイトへのアクセスや登録時に発生する通信費等はご負担ください。

オーバーラップノベルス公式HP ▶ **https://over-lap.co.jp/lnv/**

太っちょ貴族は迷宮でワルツを踊る 3

発　　行　2024年6月25日　初版第一刷発行
著　　者　風見鶏
イラスト　緋原ヨウ
発 行 者　永田勝治
発 行 所　株式会社オーバーラップ
〒141-0031
東京都品川区西五反田 8-1-5
校正・DTP　株式会社鷗来堂
印刷・製本　大日本印刷株式会社

ISBN　978-4-8240-0858-9 C0093

【オーバーラップ　カスタマーサポート】
電　　話　03-6219-0850
受付時間　10時～18時(土日祝日をのぞく)

第12回オーバーラップ文庫大賞
原稿募集中!
イラスト：片桐
これは、
世界を変える
魔法《ものがたり》
【賞金】
大賞…300万円
(3巻刊行確約+コミカライズ確約)
金賞……100万円
(3巻刊行確約)
銀賞………30万円
(2巻刊行確約)
佳作………10万円
【締め切り】
第1ターン 2024年6月末日
第2ターン 2024年12月末日
各ターンの締め切り後4ヶ月以内に佳作を発表。
通期で佳作に選出された作品の中から、「大賞」、
「金賞」、「銀賞」を選出します。
投稿はオンラインで！ 結果も評価シートもサイトをチェック！
https://over-lap.co.jp/bunko/award/
〈オーバーラップ文庫大賞オンライン〉
※最新情報および応募詳細については上記サイトをご覧ください。
※紙での応募受付は行っておりません。